シダの群れ

作　岩松　了

◉目次

◉登場人物

森本　阿部サダヲ
タカヒロ　江口洋介
ツヨシ　小出恵介
佐々木　近藤公園
リン　江口のりこ
ヨーコ　黒川芽以
藤井　尾上寛之
オカムラ　裵ジョンミョン
真知　伊藤蘭
水野　風間杜夫

第一幕

遠くに、子供たちの遊ぶ声。

そして、かすかに風の音。

だだっ広い一室。大きいテーブル。数脚の椅子など、雑然とある。

昼さがり。

開け放たれた窓から、風が入りこみ、時折、室内の布を揺らす。

明かせば、ここはヤクザの或る組の組員たちの溜まり場。組長の家と隣接している、別棟の二階。回廊風に見えるのは、手前のアーチ型の壁のせいかもしれない。

階段が手前壁に向かって昇っていることから、手前の壁の上には、何らかの部屋があると察せられる。

階下から階段を昇ってくる足音がする。

まず、リンが、つづいて、佐々木と藤井が入ってくる。

リンはそこらの椅子にすわる。

リン――何か入れて。
佐々木――冷たいものでいいですか？
リン――そうね。
佐々木、冷蔵庫からジュースを出し、コップに入れる。
リン――（藤井に）すわればいいわ。
藤井――あ、ハイ。

藤井、座る。

リン――（自分の手をさわり）冬場の話してたら、手が冷たくなっちゃったわよ。

藤井――（合わせて笑う）……。

リン――だから、そう、クリスマスって言やぁ雪だって降るわよ。落ちてくる雪見ながらなんかうまいもんでも食おうぜって言われたって、着ていく服もない。だから私、そう言ったのよ。「こんな私と連れだってるあんたがみじめに見えるわ」って……そしたらあいつ、「そこで待ってろ」って……「そこのボロアパートで」って言ったかな……（ジュース出した佐々木に）ああ、ありがと。

佐々木も少し離れてすわる。

リン――見たことあるでしょ？　えりがこんな型した……。

藤井――ハイ、ハイ、あの赤っぽい……。

リン――ワインレッド。目に焼きついてしまうような色よ。いきなり！　玄関で！　包みはがして、箱の中からあのコート。私に、こーんなして、「これ着ろ」って。

藤井――それ、驚きますね。

リン――驚くわよ。いきなり頬っぺたひっぱたかれたようなもんだもん。その時、私どんな顔してたかわからないけど、言ったわよ「嬉しい」って……そしたら（笑って）……その時のあいつの顔！　もう、マンガみたいに嬉しそうな顔して！　クシャクシャになって！　「選んだんだよ」って……私なんて、なんかいいことしたみたいな気持ちになっちゃってさ……。

藤井――その時のリンさん、何着てたんですか？

リン――何？

藤井――その、ツヨシさんがコート買って、アパートまで持ってきてくれた時。

リン――何着てた？　なんであんた、そんなこと聞くのよ。

藤井――いや、その、変化っちゅうか……何からそのコートにって感じを……。

リン――バッカじゃないの？

藤井――ハハハ、バカですかね。

リン――おぼえてないわよ、そんなこと。

佐々木――意外だったんでしょうね。

リン――何が？

佐々木――リンさんが……そういう、感情をストレートに……「嬉しい」って言ってくれたことが……ツヨシさんにしてみれば。

リン――そうなの？

佐々木――じゃないのかな……うん、意外だったんだと思いますよ。

リン――じゃなくって！　私は、男なんてものは、単純だって話をしてるのよ。なんで意外なのよ。

佐々木――いや……。

リン――私はストレートな女よ。嬉しい時は嬉しいって言うし、嫌いなものは嫌いだってはっきり言うわ。

佐々木――(立って窓辺に行く)

リン――(ので) 何よ、責任もちなさいよ、自分の言葉には。

佐々木――(藤井に) おまえはどう思うんだよ。

藤井――何をスか?

佐々木――……いいよ。

リン――私がね、何でも「ハイ、ハイ」って言う女だと思ったら、大まちがいだからね!

佐々木――もちろん、それは、ハイ。

藤井――え、どう思うって?

佐々木――おまえは……。ホラ、この額傾いてるから何とかしろって言っといただろ。

藤井――あ、すいません。

佐々木――(リンに) すいませんでした。出すぎたこと言ってしまいました。

リン――……もう一杯ちょうだいよ。

佐々木――あ――。

リン――(残りのジュースを飲み干すが、その際、ストローが唇にくっつくので) ……口紅が……ねばっこいのにかえたから……。

藤井――あ、オレが――。

リン――佐々木に言ってるのよ。

佐々木、再度ジュースを入れにいく。

リン――(藤井に) まだ庭にいるの？　あの女。
佐々木――(チラと会話を気にする) ……。
藤井――(窓の外、下を見て) ハイ……。
リン――花いじってる？
藤井――そう、花を……。
リン――……。
藤井――一緒に写真におさまるつもりですかね。
佐々木――(ジュースをリンの前に置きながら) おまえが気にすることじゃないだろ。
リン――何よそれ。佐々木、あんた、あの女に気があるんじゃないの？
佐々木――冗談でしょ。
リン――フン。
佐々木――組長の一存だろうってことを言いたかっただけですよ。
藤井――あ、タカヒロさん……。
佐々木――(窓の外を見に行き) ……。
藤井――はやかったスね、意外に。
佐々木――うん……。
藤井――(少し笑って) シャバの空気を……。

佐々木――(藤井を見る)
藤井――(ので)いや、背伸びしてるから。
兄貴もう知ってんスかね、女のことヤスコって言いましたっけ。
この時、リンは二人とは逆の方に移動していたが、奥のリクライニングの椅子にすわっていた
水野に気づいて、
リン――いるならいるって言ってくれなくちゃ。
佐々木と藤井、その方を見る。
リン――よかったんですか、こんなとこにいて。
水野――ふー、なんか汗かいたな……子供に群がられて、やいのやいの言われて……。
佐々木――うす！
藤井――うす！
水野――(二人に)うん……。いやあ、子供ってのはこわいワ。
佐々木――挨拶終わったみたいスよ、今、タカヒロ兄さん、出てきて……。
水野――うん……。
佐々木――オレら、まだちゃんと挨拶出来てないんスよ。
水野――(藤井に)タオル、ぬらしてくれ。
藤井――ハイ。
佐々木――やっぱ、ちょっとヤセられたみたいスね。

水野――どうかな……。
佐々木――うん、なんか……。
水野――(窓の方を見て、夢の中と照らし合わせたか) そうか……やっぱりいい天気だったんだ……。
佐々木――(藤井に) おい、急げ。
藤井――あ、今…… (タオルを渡す) どうぞ。
水野――(受け取って、顔にあてる) ありゃどうなった？　仲銅所、河田さんとこ……その後、何か言ってきたか？
藤井――いえ。そろそろこっちから出向いてもいいかなって……。
水野――どうせ困ってんだ、助けてやるのがスジってもんだろ。
藤井――ハイ。
佐々木――(リンに) 写真のこと、聞きました？　組長が写真とりたいって、みんなそろったやつ。
リン――ああ……。
佐々木――(誰にともなく) 大丈夫なんスかね。組長、起きあがったりして。
リン――この歯ブラシ、誰の？
佐々木――あ、オレのです。
リン――使うから。
水野――うーん……。(とうなる)
藤井――コーヒー、入れますか？

水野――いい、オレがやるから。

リンは窓辺で歯をみがいている。

階段のぼる足音がして、タカヒロが来る。

佐々木――兄さん、おつとめ、ご苦労様です！

藤井――ご苦労様です！

タカヒロ――元気そうだな。

佐々木――うぃっす！

藤井――うぃっす！

タカヒロ――水野さん、今朝はお迎え、ありがとうございました！

水野――うん、今、コーヒー入れてんだ。

タカヒロ――あ、ハイ。リンさん、いろいろ御心配おかけしました。

リン――今、歯みがいてるから。

タカヒロ――あ、どうぞ、どうぞ。

水野――まあ、かけなよ。

タカヒロ――ハイ。

タカヒロ、椅子にすわる。

水野――(酒類を)出してやんなよ。

佐々木――あ――。

水野――おまえら、口だけだから。
藤井――あ、オレが――。
タカヒロ――（あたりを見廻している）
藤井――（ので）なつかしいでしょ？
水野――またおまえは……なつかしいでしょって、タカヒロ、なんてこたえればいいんだよ、「うん、なつかしい」ってか？　思いやりってもんがないのか、まったく。
藤井――撤回します。
水野――遅いだろ。
リン――ツヨシは？
タカヒロ――あ、まだ組長と。
リン――何話してんの？
タカヒロ――さあ、今は……。
藤井――ここに。
タカヒロ――あ――。
佐々木――（時計みて）増岡組の奴ら、今ごろアワくってるかもしれませんね。
タカヒロ――（水野に）いろいろ、気つかっていただいて。
水野――用心にこしたこたねえからさ。
藤井――そうですね、今ごろちょうど出所の時間ですね。

水野――やせたって話が出てんだけど、少しやせたか？
タカヒロ――どうスかね、体重計にものってないんで……。
水野――そか、そか……（と言いながら、タカヒロの前にすわり、コーヒーカップとタカヒロのグラスをカチンと合わせて）御苦労さん。
タカヒロ――兄貴たちこそ。

口をゆすいでいたリンが、階段を見あげる。階段を降りてきたのは真知。水野以外は、驚いたような……。

タカヒロ――（立ちあがって）いらしたんですか……ただ今、帰りました。
真知――あなたの部屋のお掃除をしていたのよ、お帰りなさい。お父様への御挨拶は？
タカヒロ――今。
真知――そう……。（部屋の方を見あげるようにして）時間が早くなったって聞いたからあわてて……。
タカヒロ――心配をおかけしました。
真知――ううん。それほど心配でもなかったのよ。こうして水野さんたちもいらっしゃるし……。
水野――コーヒー、入れましょうか。
真知――（鼻で笑って）そればっかり！
水野――え？
真知――いつもその言葉を聞いてるような気がするのよ。（あたりの者に）そうじゃない？（反応がないので、佐々木に）ねえ。

佐々木――いやあ……。
真知――どうしよ……私の側についてくれる人間が見あたらない……水野さんの勝ち？　コーヒーいただくしかない？　私は……。
水野――……。
真知――みたいですよ。
水野――（コーヒーメーカーの前にリンがいるので）ちょっとごめんなさい。
リン――ああ……。

水野、コーヒーを入れにかかる。

リン――組長とは、どんな話を？
タカヒロ――ああ、まあ……。
真知――驚いたでしょ、だいぶ弱ってたんで。
タカヒロ――それは、ええ……。
リン――だって、ツヨシもいたんでしょ？
タカヒロ――だから、そう、これからも仲良くやって欲しいと……。
リン――え、跡目のことは？
水野――コーヒーです。
真知――どうも。
リン――え？　その話でしょ？

水野――リンさん、組長にはまだ元気でいてもらわなきゃ、そうでしょう？

リン――無理よ、あの体じゃ。

タカヒロ――（少し笑って）あと、所帯を持つように言われましたね。

真知――へえ……で、あなたは？

タカヒロ――（ただ首を横に振って）

真知――……。

水野――あのう、あれ、弁護士の先生ンとこには顔出さなくていいか？

タカヒロ――あ、それは――。

水野――うん、じゃあ、連絡だけでも。（佐々木に）おい。

佐々木――ハイ。

佐々木、携帯出してかけようとするが、

水野――そっちでかけりゃいいだろ。（と置き電話を）

佐々木――そうですね。（携帯示して）登録してませんでした。

水野――アホか、おまえは。

佐々木――（電話帳めくりつつ）オカザキ、オカザキ……。

水野――頑張ってくれたからな、あの先生も。

タカヒロ――（曖昧にうなずき）……。

置き電話が鳴る。

佐々木――（驚いて）おい。（液晶表示みて）誰だ、この番号……（受話器とって）ハイ……え？（応対つづける）

水野――誰？

佐々木――（首をかしげつつ）

リン――誰かいないの？

藤井――何がスか？

リン――（タカヒロをアゴでしゃくり）嫁。

藤井――え？

リン――下で花いじってる女とかさ。

藤井――（少し笑って）え？

真知――誰？　何？

藤井――いや、何でもないス。

真知――花いじってる？（と言いながら、窓辺へ行く）

水野――（タカヒロに）ちょっと部屋で休んだらどうだ、弁護士の先生にゃ連絡つけとくから。部屋掃除してくれたって言うし……。（佐々木に）誰だよ。

佐々木――（切って）まちがい電話ですね。不動産屋の方とまちがえたらしくって。

水野――不動産屋？　志波崎興業と？

佐々木――ハイ。学生じゃないかな、風呂つきで三万円台の捜してるとか……。

水野――なにそんな奴と長電話してんだよ。

佐々木――（照れて）なんか面白い奴だったんで……。

真知――誰もいないわよ。

リン――え？（見に行って）ホントだ……。

タカヒロ――水野さん、あとでちょっと時間とってもらっていいですか？

水野――（うなずいて）うん、うん……。

タカヒロ――確かにちょっと疲れてるのかもしれません、一杯ひっかけただけで、なんか……フフフ……。（と立ちあがる）

水野――そこ、階段……。

リン――そろそろ、マサハルが帰ってくるわ。

リン、出ていこうとすると、花をさした花瓶持ったヨーコが入ってくる。

真知――アラ……何？あなた？ヨーコさん？花いじってたって……。

ヨーコ――ハイ？

真知――そう……。（少し笑う）

リン――飾るの？どこに？

ヨーコ――（あたりを見まわす）……。

リン――捜してるし。

と言ってリン、出てゆく。

真知――きれいなコスモス……。

ヨーコ――へえ……（藤井に）さいぜん、見たはりましたやろ、そこから。（京都弁である）
藤井――あ……。
真知――ホラ、ここ。
ヨーコ――あ……。（置く）
真知――ね、いい感じ。
佐々木――ま、オレも見てましたけどね。
ヨーコ――知ってます。動きにくうなる、見られてたら。そうとちゃいます？　だいたい、嘘っぽなってしまいますやん、自分のやってることが。
佐々木――ああ、見られるとね。
ヨーコ――へえ。

階段に腰をおろしていたタカヒロ。
皆がそのことを気にした時。

タカヒロ――（穏やかに）なつかしいですよ……三年も留守にしてると、忘れられたんじゃないかと思うこともありましたしね……くさいメシとはよく言ったもんで、ホントにくさいんですよ、フフ……ありゃ何のにおいなんだろ……なんか金属の混ざったみたいな……（ヨーコの飾った花の方に近づいて）これは？　オレの出所祝い？
ヨーコ――……。
タカヒロ――変わったもんだな。あんたのこと全然わかんなかったよ、さっき、庭で……だって、三年前はまだ……。

ヨーコ――（花をさげようとする）

タカヒロ――（ので）おい、おい、さげるこたないよ。

タカヒロが笑うので、他の者も、何となくヘラヘラ笑う。

真知――ホラ、ここに。

真知がヨーコを体ごと誘うようにして元の位置へ。

タカヒロ――（藤井の頭を乱暴にかき抱くようにして）ひと休みしたら、うまいもんでも食いにいくか……そばが食いてぇよ、長寿庵！　な。

藤井――ハイ！

タカヒロ――佐々木も、かまぼこつまみに！

佐々木――ハイ！

タカヒロ――ん？　森本は？

佐々木――あ、今、マサハルくんの迎えに。

タカヒロ――そっか……。

佐々木――あいつも、兄さんの帰り、首を長くして待ってました！

タカヒロ――（藤井を離し）このヤロ、生意気なにおいさせやがって！

藤井――すいません、もらいもんです！

また笑うみんな。

真知は満足気に見守りながら、さりげなく水野に触れたりして。佐々木は藤井の体のにおいをかいで「たは」などと。

真知――ヨーコさん、ありがとう。

ヨーコ――（うつむいて）……。

水野は、感極まったようにタカヒロを抱きしめる。

水野――オレが出所した時や、こんなこたなかったよ。

タカヒロ――……。

水野――忘れられるって、んなことあるわけねぇじゃねぇか、おまえに限って。

タカヒロ――いろいろ考える時間もらったって思ってます。

水野――うん、うん。

タカヒロ――庭の南天の木、だいぶ伸びましたね。

水野――ん？　伸びてたか？

ヨーコ――へえ、この夏でだいぶ。

水野――あ、そう！　灯台もと暗し、ってか？　ハハハ……。

ここに、若頭ツヨシがくる。

ツヨシ――ここにいたのか？

ヨーコ――へえ、さいぜん……。

ツヨシ――（椅子にどっかと座り）目がしょぼしょぼする！　おまけに頭ン中も……！（と頭をトントンと

手でたたいて）要領えないわ、おやじの言うことも。水野さん、通訳してくんなくちゃ、な、タカヒロ兄さん。まあ、仲良くしろって言ってんのはわかるんだけど……（藤井に）おい。

藤井、タバコ一本出して渡し、火をつける。

ツヨシ――（行こうとしているヨーコに）どこ行くんだよ。

ヨーコ――下に。

ツヨシ――（指さして）おまえも写真に入るんだからな。わかってるな。

ヨーコ、下に降りてゆく。

ツヨシ――どんくさいやっちゃな……（タバコを藤井に渡し）あらためて。兄さん、おつとめ御苦労様でした。

タカヒロ――……。

ツヨシ――おやじの前で、言うべきこともよう言えんと……気分悪くされたんじゃないかって気になってました。

真知――（ヨーコのこと）あの子、妊娠してるわ……（ツヨシに）そうでしょ。

ツヨシ――え？　ああ、ハイ、来年の三月には生まれてくるのとちがいますか？

佐々木――え、そのこと、リンさんは？

ツヨシ――言わないイカンだろうな、そのうち。だけど姉さん、さすがですねぇ……いきなりで驚いたわ。

タカヒロ――（水野に）ちょっと休みますわ。

水野――（うなずく）
タカヒロ――（ついてこようとする真知に）いいよ、来なくて。
真知――……。

タカヒロ、上へ行く。

ツヨシ――この花は？
藤井――あ、ヨーコさんが。
ツヨシ――（鼻で笑う）
真知――ツヨシさん、あなたまずいでしょ。
ツヨシ――え、何がですか？
真知――ヨーコさん。妊娠。
ツヨシ――姉さんに言われたくないなぁ。そんなこと言ったら、タカヒロ兄さんの立つ瀬ないのとちがいますか？
真知――……。
ツヨシ――姉さん、オレがここまで来れたのはタカヒロ兄さんのおかげだと思ってますよ。まあ、登らなきゃならない山？　佐々木、オレ、話したことあったろ？
佐々木――ハ……。
ツヨシ――山の話だよ。
佐々木――あ、山……。

ツヨシ――「あ、山」って、おまえは……。

佐々木――ガキの頃からタカヒロ兄さん超えることを目標に頑張ってきたってことですね。

ツヨシ――（少し笑って）おまえの言い方ってさ、なんでそうつまんないの？　身もフタもねぇじゃねぇかよ。

佐々木――それは、ハイ。

ツヨシ――姉さん、オレね、何が納得いかなかったって、おふくろより、姉さんの方が美人だったたってことですよ、男の見る目がちがった。オレのおふくろ見る時と、タカヒロ兄さんのおふくろ見る時と、だから、山ってのはまあ、姉さんのことでもあったわけですよ。こんな話じゃなかったかな。え？　佐々木。

佐々木――ハ……。

ツヨシ――だけど、バレちゃまずいでしょ。おふくろに。オレがそういうことでその、ひけ目を感じてるなんてことは……まずいですよそら……だから、甘えてみせるんですよ、必要以上に。美人じゃないおふくろに……まあ、甘やかしてくれますよ、おふくろは……でも……（頭かかえて）うーん！……どっかで読まれてるんじゃないかってこっちは思いつづけてる……そうすっとね姉さん、えらい悲惨な親子に見えてくるんですよ、オレたち親子が。

真知――それはねツヨシさん、贅沢病というものよ。

ツヨシ――贅沢！

真知――そう、贅沢。食うに困らない人間のかかる病気。
ツヨシ――ハハ、面白いなあ……。
藤井――（窓の外を見て）あ、マサハルくん、帰ってきましたね。
ツヨシ――そうか。
藤井――今、車が……森本の奴、バックでいれるつもりかな……。
佐々木――とろいなあ、運転が……。
ツヨシ――贅沢病って、どうなんですか水野さん、そういうもんですかね。
水野――……。
真知――水野さんに聞いても無駄よ。
ツヨシ――どうしてですか？
真知――他人の言う事は、たわごとだって決めてらっしゃるから。
水野――逆でしょう、他人の言うことはいつも「なるほど、なるほど」って聞いてしまう私ですよ。自分でしゃべってる時は、もうほとんどあきらめてますね。
真知――何を？
水野――何をって……世の中の循環……みたいなもの……。
真知――またそんなこと……！
ツヨシ――てことは水野さん、オレの言うこと……「なるほど、なるほど」って思ってくれたわけですよね。

水野——そう、そう。
真知——じゃあ私の言うことには——。
水野——いや、一理あると思いましたよ。
佐々木、藤井も笑う。
水野——てな具合にホラ、循環しないんですよ。
佐々木——（窓の外をみて）何だ、あの車……。
皆が、それぞれに笑った時、窓外からリンの「マサハル！」という悲鳴に近い声が——。
皆が窓辺の方へ——。
佐々木——あ！
リンの声——マサハルーッ！
ツヨシ、血相変えて下へ——。
水野——道をふさげ！
藤井——ハイ！
水野——表通りからまわり込んで！　車、横づけにしろ！
藤井、出てゆく。
下で銃声。そして悲鳴。
水野と佐々木、棚の引き出しから銃をとり出す。
水野——（真知に）上に！　上に行ってて！

真知――（うなずく）

水野、下に向かって一発！　二発！

水野――何人いる⁉

佐々木――今、車の中に一人、入りました！

水野――じゃあ三人か……。

下から銃声がして、部屋の中に銃弾が。

上からタカヒロが降りてきていた。

真知――（そのタカヒロに）マサハルくんが！

佐々木――あ、車に！

水野と佐々木、連射！

下からの銃弾が部屋の中の物をこわす。

タカヒロも、引き出しから銃を取り出し下に向かって撃つ。

佐々木――逃げた！　大丈夫だ！

真知――逃げた？　何が？　誰が？

佐々木――マサハルくん、自力で！

真知――家の中に⁉　家の中に⁉

佐々木――（テンションあがって）くそったれどもが！

水野――足だぞ、足をねらえ！

下からの銃弾が激しく鳴る。
応戦する三人。
部屋の中の物が次々にこわれてゆく。
窓わく、ゆがんでいた額、花びん、階段の手すり、など……。

タカヒロ――下にまわります！
タカヒロ、下へ――。

真知――タカヒロ！

水野――（真知に）そっちに！（と壁のかげの方にいるように）

真知――大丈夫なの？　マサハルくんは助かったの⁉

佐々木――大丈夫！　あとはあの豚どもを！
上への銃弾が少なくなり下で銃声がして、おさまる。

水野――……。

佐々木――……。
二人、下へ行く。

真知――え……何⁉
追おうとした真知、とどまる。
下から、森本が入ってきたのだ。
何やらブツブツ言っている。

どうも「ちきしょ……ちきしょ……」と言ってるようだが……。

真知――どうしたの？　何があったの？

森本――（目もうつろで）……尾けられてた……ちきしょ、気づかなかった……マーくんが、図画の道具、自分で運ぶって言うから……オレ、庭にいたヨーコさんと……兄貴が帰ってるって聞いたし……。

ツヨシが入ってくる。

いきなり森本をけりあげて、

ツヨシ――森本、てめえは！

森本――（土下座して）すいません！　すいませんでした！　オレが悪いです！

ツヨシ――（胸ぐらつかんで）わからねえよ、てめえの考えてることが！

森本――ハイ！

ツヨシ――ハイじゃねぇだろうがよ！

森本――いいえ、ハイ！

ツヨシ――どうするつもりだった、オレの息子にもしものことがあったら……あ？

森本――それは……あの……。

ツヨシ――それはあのじゃねぇぞ、コラ！

鼻ぐらを一発なぐり、

森本――うぐっ！

ツヨシ――ツーンときたか、あ？　鼻にツーンと……。（もう一発見舞おうとした）

真知――（ので）やめて！

ツヨシ――（森本をつきはなして）てめえは、子供の送り迎えもロクに出来ねえのか！

森本――ホントに、すいませんでした！

ツヨシ――ホントをつけやがったよ……。

真知が森本の鼻血をぬぐってやる。

ツヨシ――（部屋が荒れているのを見て）なんだこのざまは！

水野があがってくる。

真知――水野さん……。

森本――（水野に）すいませんでした！

水野――うん……。

真知――タカヒロは？

水野――やっちまった……。

真知――え⁉

水野――逃げ遅れた一人を……。

真知――（窓辺に行って、外を見てから振りかえり）え？

水野――二人はそっちの路地から。

真知――タカヒロが……？

真知、下へ降りてゆく。

ツヨシ――時間どおり出所してもらや、こんなことにはならなかったんじゃないですか？

水野――……。

ツヨシ――タカヒロ兄さんに！

水野――森本。

森本――ハイ。

水野――おまえ、下でころがってる奴な、向こうに送りとどけてこい。

森本――ハイ。

水野――車と一緒に。動くだろ、まだあの車。

森本――（行こうとすると）

水野――あとでいいよ、じきサツが来る。……やりすごしてからだ。今、佐々木が片づけてるから。

森本、思い余ったように「あ〜」と頭をかかえ、うずくまる。

水野――（その森本をポンポンとたたいて）しゃがむな、しゃがむな。椅子があるんだから。

森本――……。

水野――ホラ。

水野、森本を椅子にすわらせる。

水野――（こわれた物たちを）あーあ、こら、えらいこっちゃ……（コーヒーメーカーを）お、無事だ。コーヒー飲むか？

森本——あ、ハア……。
水野——(入れようとして)あ、急に思い出した、弁護士に連絡しなきゃ。森本、おまえ岡崎先生ンとこに電話つないでくれ。
森本——ハイ。
電話しようとすると、ツヨシがそれをとどめて。
ツヨシ——何も今……。
森本——……。
ツヨシ——(水野に)弁護士って、アレでしょ? タカヒロ兄さんの出所挨拶ってことでしょ?
水野——うん、まあ……。
ツヨシ——だいたい、じき逆戻りするかもしれませんよ、兄さん。そうなったら、挨拶も、何の挨拶かわからねえ、フフ……。
森本——オレ、行きますから、そうなったら。
ツヨシ——行きます? どこに。
森本——ムショです。
ツヨシ——……あ、そ……。だけど、納得しねえだろ、増岡組が。ンな下っ端じゃ。
水野——ホラ、飲め。(と、コーヒーを出す)
森本——(水野に)納得しませんかね、オレが行くんじゃ。
水野——どうだかな……。

森本――(ツヨシの胸ぐらつかむようにして) 行かせて下さい！　オレがやったことにしてください！
ツヨシ――(あまりのことにちょっとひるんで) はなせ、こら……。
森本――(思いつめたように) 逆戻りなんかさせませんよ、タカヒロ兄さんに……。
ツヨシ――ハジキの扱い方も知らねえおまえがか。
　森本は、いきなり引き出しから銃をとり出すと、それを部屋の中の何かに向けて一発、二発、撃つ。
ツヨシ――……！
水野――……！
　森本は硝煙のにおいでもかぐように、自分の服についたにおいをかぐ、そして、
森本――(満足げに) フフ……。
　タカヒロが、銃声に驚いたようにあがってくる。
タカヒロ――……何だ、今のは……。
森本――兄貴。
タカヒロ――(森本の手にある銃を見て) え？
森本――オレです、森本です！
タカヒロ――……。
森本――あれ、忘れたんですか？　(首からさげているものをとって) ホラ、お守り！
　しかしタカヒロは、あえて反応せず、そこらに座る。
タカヒロ――(誰にともなく) すいませんでした……。

森本――え、なんでですか？　何あやまってんですか？　オレですよ、撃ったのは。水野さん、言ってやって下さいよ。このヤローが不始末しやがってとか何とか！　あそうだ、おつとめ御苦労様でした。

タカヒロ――……。

森本――水野さん、ホラ、これ！（と銃を）

水野は森本の手から銃をとりあげ、一発ひっぱたいてから、

水野――いつも言ってるだろ、てめえに出来ることだけやってろって。

森本――いてぇな……。

水野――コーヒー入れてやったんだ。おとなしく飲んでろ。

森本――……。

水野――（ツヨシに）おやじさんとこに。オレもすぐに行きますから。

ツヨシ、うなずいて出ていこうとするとヨーコが入ってくる。

ヨーコ――お父様が――。

ツヨシ――わかってる。

ツヨシ、降りてゆく。

水野――（タカヒロに）若ぇのが勝手にやったことだろ、気にするこたねぇよ。カナメ町のショバまるごと譲って手打ちは済んでんだ。増岡さんも不心得なこたしねえはずさ。

タカヒロ――……。

水野――組長ンとこに顔出してくるわ。

水野、出てゆく。

ヨーコ――（森本に）かんにんしとくれやす、私が話しかけたりしいひんかったら、こんなことにはならへんかったのに……。

森本――……。

ヨーコ、散った花を片づけはじめる。

タカヒロ、上の階に行こうとする。

森本――兄貴！

タカヒロ――（止まって）……森本、相変わらずだな。

森本――ハイ！

タカヒロ――おまえには合わねぇよ、この世界。

森本――そんなこと……。

タカヒロ――小学校の送り迎え？　何だそりゃ。

森本――遅咲きですから。

タカヒロ――バーカ、咲かねぇよ。

森本――そんなこと、兄貴に言われるスジ合いはありません。

タカヒロ――オレが言わなくったって、誰かが言うだろうよ……（ヨーコに）おい、そこの。

ヨーコ――え？

タカヒロ――言ってやれ、あなたの人生どうなってんですかって。
森本――ひどいなあ……！
タカヒロ――（ヨーコに）ホラ。
ヨーコ――遅咲きやと思います、私も。
タカヒロ――どこが。
ヨーコ――いつかは咲くはずですさかい。
タカヒロ――そして踏みにじられるってか？
ヨーコ――（持ってる花を見て）……。
タカヒロ――なら、咲かない方がしあわせって話じゃないのか？
森本――兄貴、これ。（とお守りを）
タカヒロ――（見て）くれてやったんだよ、これは、おまえに。
森本――オレは兄貴が帰ってくるまでって思ってましたから。
タカヒロ――そうか……（受け取って）じゃあ花が咲くまでってことで。

あらためてタカヒロが渡す。
森本は、手に持ち、それを首にかける。

森本――こんな感じですワ……。（嬉しげに）
タカヒロ――……。
森本――（顔をのぞきこむようにして）え？

タカヒロ、にじんだ涙を見せまいとして森本を避ける動き。

森本――兄貴……。

タカヒロ、ヨーコの持ってる花や花ビンをとって、それをゴミ箱にすてる。

タカヒロ――森本、この人な、子供が生まれるらしいぞ。

森本――え⁉　子供⁉　なんでですか？

タカヒロ――なんでって、おまえ……。

森本――いや、いや……え？　これ？（と腹ボテの仕草）

ヨーコ――……。

森本――わー……あの、それ、ツヨシさんの？

タカヒロ――何を言ってんだ……。

ヨーコ――来年の三月に生まれるんどす。

森本――リンさんは？　知ってるんスか？　このことは。

ヨーコ――……。

タカヒロ――（少し笑って）どういうことなんだよ、え？　あんた、なんでそうやって、ニコニコしてられるんだよ。

ヨーコ――ニコニコなんてしてしまへん、こういう顔ですよって。

パトカーの音が近づいてくる。

三人とも、それなりの反応。

森本が下に行こうとする。

タカヒロ――（ので）じっとしてろ。

森本――……。

タカヒロ――（ヨーコに）何か話してくれ、こいつがじっとしているように。

ヨーコ――何かいうて……そうどすな……ほんなら森本さんに聞いたタカヒロ兄さんの話しまひょか……兄さんて呼んでかましまへんか？　私がツヨシさんとこういう関係になっていくらもせんうちに、兄さん……その、いんようにならはって、そやから、私、森本さんの話でしか兄さんのことよう知りまへんのどす……そのお守りのことも聞きました……契りゆう言葉使わはったえ……兄さんが自首しはる朝、手洗わはったところにタオル差し出したら、兄さんが「この世界で生きてゆくつもりか？」聞かはって、森本さんが――。

タカヒロ――ちょっと待て。他の話にしてくれ。

ヨーコ――まだ先の話があるのどす。

タカヒロ――先はわかってる、先はわかってんだ……。

森本――兄貴、オレ、今日って日が、どんなに待ち遠しかったか……聞いて下さい、昨夜《ゆうべ》はオレ眠れなかったんです！　頭ン中があっち飛び、こっち飛びで、ガバッて起きちゃ水飲んで……水飲んでると、なんか嬉しくなって……て言うのは兄貴、オレすでに思い出してんですよ、ホラ、カナメ町のぽえむって茶店《さてん》に二人でかけ込んで、水飲みまくった時のこと。暑かったじゃないスか、あの日。あの暑い中を走ったから！　オレと兄貴が！

こういう言い方でいいスか？「路地から路地へ！」フフフ……「冷房入れんかい！」ってどなりまくったら、マスターが「入ってます」って言うから、「んなこたわかってんだよ、いいから冷房入れろ！」って……ハハハ……でね兄貴、オレ、ラジオつけたんスよ、あ、その、ガバッて起きて水飲んだあとですけど、そしたら！　いきなり！　この曲ですよ、流れてきたんですよ。（うたって）窓に西陽がァ、あたるぅ部屋で〜「オレ、リクエストしてねぇぞ」とか思って！　なんでだよ、なんで今、兄貴が帰ってくるって日に、兄貴のテーマソングなんだよってオレホント、ラジオこーんなして（と揺すぶる動きして）ほとんど発狂しそうになって……（タカヒロの様子を見て）え？　兄貴……どうしたんスか？

タカヒロ――おまえはホント……同じこと二度も言わせんな……。

森本――え？　同じこと……二度……何スか？

タカヒロ――変わってねぇって話だよ！

森本――あ……え……いや、変わってますよ、（ほっぺた押えて）ここらへん、ちょっと、丸くなったはずですし……。

タカヒロ――……。（むしろヨーコを見て）

森本――（それを）……え？

タカヒロ――（ヨーコに）下の様子、見てきてくんねぇか。

ヨーコ――私、ニコニコなんかしてまへんから（行こうとして）あ、それと、私、ヤスコさんと知り合いやったゆうことも伝えたかったんどす、さっき、庭で。

と言い残して降りてゆく。

タカヒロ――！（ヨーコを追おうとするが）

森本――……。

タカヒロ――おまえは知ってるのか？　ヤスコが増岡の女になったって話。

森本――……。

タカヒロ――オレはムショで聞いた……（少し笑って）水野さんがオレに気ィつかってるのも腑におちるってことさ……。

森本――オレ、そこらへんの話は……。

タカヒロ――手打ちってのは、むしろ、そっちの方だったんじゃねぇのか？……（銃を見て）……腑におちすぎて、余計なことやっちまったよ……。

佐々木がバタバタとあがってきて、

佐々木――兄さん！　ヤロー、生きてますよ、今、下の倉庫に。とっぽいヤローで「オレをしばいたって何にもならねぇぞ」とかぬかしてます！

森本――サツは？

真知――大丈夫よ、水野さんがうまくやってくれてるわ。

いつの間にか真知があがってきていた。

森本――兄貴。

タカヒロ――……。

暗転——。

第二幕

銃撃戦で散ったり壊れたりしたものを、片づけ、修理している森本。
窓辺にすわって、外を見ているタカヒロ。
二日後の夕方のことである。
リンがあがってくる。

リン――あ、森本、あんた今日、マサハルのスイミングの迎え、いかなくていいから。
森本――え、どうしてですか？
リン――ツヨシに行かせることにしたから。
森本――ハア……。
リン――だいぶ片づいたじゃないの……（タカヒロを見て）窓のそばにすわってるし……（で下に行こうとして）あ、下の、誰もついてなくていいの？
森本――あ、佐々木が――。
リン――いないわよ。
と言った時、トイレを流す音がして、佐々木が出てくる。
リン――あ、いたの。
佐々木――ハイ。
下に降りてゆく。
つづいて、佐々木も。
タカヒロ――（窓の下を見て）ああ、医者が帰っていくな……。

森本――……。

タカヒロ――（太陽の方を見て）……ありゃ何の会社だ、あの《村上》ってのは。

森本――村上ですか。

タカヒロ――あのホラ、赤に白字の……。

森本――ああ、村上……何の会社スかね。

タカヒロ――会社だろ、ああして、でかい看板出してるくらいだから。

森本――表札じゃないですよね、あんな屋根の上に。

タカヒロ――ま、表札にゃちがいねぇだろうけど……、あったか？　以前から。

森本――いや、気づいてないスね。

タカヒロ――あったんだろうな……。

森本――（作業に戻る）

タカヒロ――（あくびして）……時差ボケってのがあるみたいだな、シャバに出ると。

森本――タオル、ぬらしましょうか。

タカヒロ――うん、まあ、いいよ。

立ちあがって体動かすタカヒロ。

すでにタオルをぬらして絞っている森本。

森本――兄貴。（とタオルを）

タカヒロ――悪いな……。（顔にあてる）

金づちで大きくトントンとやっていた森本のその金づちが急に止む。

タカヒロ――（森本を見て）……。

森本――気にくわないスよ、あのヨーコって女……。

タカヒロ――え？

森本――言うことがいちいちまどろっこしくて。

タカヒロ――フフ……。

森本――ヤスコさんと知り合いやったんどすとか言ってたじゃないスか。だからオレ、昨日、ありゃどういうことなんだって聞いたんスよ。したら「それだけのことだす」って！　どう思います？

タカヒロ――（森本の攻撃をさけるようにして）わかんねぇな……。

森本――（少し笑う）

タカヒロ――（ので）何だよ。

森本――わかんねぇなって言うから。

タカヒロ――ああ、言ったな……言ったがどうした？

森本――……。

タカヒロ――言ったがどうしたって聞いてんだよ。

森本――ダメスよ、あんな女と口きいちゃ。

タカヒロ――（笑って）おまえ……。

森本――だって、わかんねぇこと言うんですから、人をバカにしてますよ。
タカヒロ――そんなこと言って、おまえ、若頭の女だろうが。
森本――そうですよ、それがどうしたんですか。
タカヒロ――だから、オレに言わねぇで、若頭に言えって話だよ。
森本――……。

電話が鳴る。
森本がとろうとすると。

タカヒロ――おれが出る。(出て)ハイ……え？　四畳半で三万？　あのな、うちは――(切れたらしい)
……(受話器を置く)

間。

森本――何スか。
タカヒロ――え？
森本――今の電話。
タカヒロ――まちがい電話。

間。

タカヒロ――曲がってねぇか？　あの額。
森本――……。

タカヒロ、額を自ら直しにいく。

直し終え、バランスを見ていると、携帯電話に電話が入ったらしく、ポケットから携帯を出し、受信しながら布の陰の方へ行くタカヒロ。

森本――……。

布の陰から「キャッツアイ」って言葉だけが聞こえた。

タカヒロ――（電話を終えて出てきて）ちょっと出かけるわ。（行こうとする）

森本――兄貴。

タカヒロ――何だ？

森本――オレ、若頭にも言いますよ。

タカヒロ――何を？

森本――……。

タカヒロ――森本……所詮、組織の人間だってこと、忘れんなよ。

タカヒロ、出てゆく。

森本――何だよ、キャッツアイって……。

下で「うす！」という声がして、入れかわるように佐々木が入ってくる。

佐々木――どこ行ったの？

森本――（首をひねる）

佐々木――（冷蔵庫から飲み物出し、飲みながら）オカムラっていうらしいな、下の……増岡組の……面白ぇな、取調べみたいで。

森本――……。
佐々木――捕虜だよ、捕虜。
森本――(黙々と作業)
佐々木――だけどタカヒロ兄さんさ……いや、オレ達には何も言えねぇな……おまえ、ヤスコって女、知ってんの？　て言うか、見たことあんの？
森本――こっち、押さえてくれよ。
佐々木――ああ(と押さえ)、あんだろ？　なんか花街で働いてたらしいな、オラ、見たことねぇんだよ、なあ、いい女？
森本――知らねぇ。
佐々木――知らねぇってどういうんだよ。やりたくなる女ですかって聞いてんだろうが。
森本――……。
佐々木――だけど女心だよなぁ、タカヒロ兄さんの出所の日知って、増岡ンとこから逃げ出したなんて。
森本――何だよ、女心って。
佐々木――女心だろ、体は開いても心は開きません、てか？　ハハハ、なあ、どういうタイプよ、芸能人で言ったら誰似？
森本――押さえてろよ！
佐々木――あ……。

森本――おまえさぁ、そこらへんの道端で立ち話してるオバハンみたいな言い方、やめろ。何が、「女心だよなぁ」だよ。ぶっとばすぞ。
佐々木――何だよ、オレのどこがオバハンなんだよ。
森本――オバハンだろ、こーんな（と主婦の立ち話ポーズ）して、こーんなこと（ちょいと聞いた?みたいなポーズ）して！
佐々木――（同じポーズして）こんなことしてねぇだろ！
森本――ドブスが！　ちゃんと押さえてろ！
佐々木――バカバカ、なんでてめぇの尻ぬぐいの手伝いしなきゃならねぇんだ。子供の送り迎えもロクに出来ねぇ鼻タレが！
森本――てめぇ！（胸ぐらつかむ）
佐々木――はなせ！

電話がかかる。

佐々木――（とって）ハイ……え？　オレは佐々木ってもんだけど……。

下からツヨシがあがってくる。

森本――（ツヨシを見ないで）うす。
ツヨシ――誰に言ってんだ。
森本――（ツヨシに向かって）あ、すんません。
ツヨシ――水くれ。

森本――あ、ハイ。

冷蔵庫から水を出し、それをツヨシの前に置いて。

森本――組長の具合、どうですか？

ツヨシ――（曖昧にうなる）

森本――さっき、医者が帰ったって聞いたもんスから。

ツヨシ――ヨーコ、見ねえか？

森本――いや……。

佐々木――あんた、こないだの奴だな、だから言ってんだろ、うちは不動産屋じゃねぇって！

ツヨシ――誰だよ。

佐々木――なんか不動産屋とまちがえてるみたいで……風呂付で四畳半で三万円台はないかとか。

ツヨシ――いいのがあるから物件見に来いって言ってやれよ。

佐々木――あ、ハハ、それ面白いスね。（電話に）あのね、あるよ、いいの、ある。

ツヨシ――（大きな溜息ひとつ）

森本――あ、マーくんから聞かれました？

ツヨシ――何？

森本――体験学習、行かなくていいかって。

ツヨシ――いや。

森本――そうですか……パパに話してみるって言ってたんですけどね。

佐々木――(切って)フフ、来ますよ。
ツヨシ――佐々木。
佐々木――ハイ。
ツヨシ――おまえ明日、ヨーコの病院つき合ってやれ、そして、ちょっと夜までどっかで時間つぶしてくれるか。
佐々木――え、ヨーコさんと一緒にですか?
ツヨシ――おまえ一人で時間つぶしてどうすんだ……あとな、ヨーコの持ってるバッグあんだろ?あっちこっちに鋲うってるやつ。
佐々木――ああ、ハイ。
ツヨシ――あれ、おまえ買ってやったことにしとけ。いちおうな。
佐々木――え、でも、値段聞かれたら……。
ツヨシ――聞かれたらって、誰にだよ……聞きゃしねぇよ、値段までは。

ツヨシ、降りてゆく。

佐々木――わー……あれ、オレ買ったんだ……。
森本――え、病院?
佐々木――あれ、知らねぇ?　ヨーコさん、これなんだよ。
森本――ああ……。
佐々木――オレ、まちがえられてしまうじゃねぇか、受付かなんかで「御主人」とか呼ばれたら、どうしよ。

上から水野が降りてくる。何やらピーナツのような豆を食べている。

水野――(森本に)食うか?

森本――……。

水野――どっこらしょっと! (すわる)ん? 藤井は?

佐々木――まだ戻りませんね。

水野――そうか……(佐々木に)食うか?

佐々木――あ、いただきます。(もらう)

水野――佐々木、おまえ、コーヒーの豆買ってきてくれ。

佐々木――切れてましたか?

水野――うん。

佐々木――失礼しました。じゃあ、すぐ! (行こうとして)あ、オカムラっていうらしいですよ、下の……今日あたり、だいぶしゃべるようになりました。

水野――(うなずいて)

佐々木、降りてゆく。

水野――食えって、ホラ。

森本――あ、じゃあ……。(もらう)

水野――うまいだろ。

森本――ハア。
水野――たかが豆って、バカにしたもんでもないぞ。ちゃんと考えてる奴がいるんだな。こういうとこにも。

森本、作業に戻る。

水野――森本。
森本――ハイ。
水野――西陽《にしび》ってのは、物悲しいな……。
森本――（作業していて）……。
水野――どこにあるんだ、太陽は？（立って窓辺の方に行き）ああ、あそこか……（そのまま見て）照れてる村上、なんつってな……（森本に）冗談言ったんだよ。
森本――すみません、聞いてませんでした。
水野――……。
森本――え、どういう……。
水野――いいよ、もう……（豆を食おうとしてうっちゃり）ダメだ、うますぎて！
森本――（村上の方を見にいくので）
水野――いいよ！　見なくて！
森本――（冗談がわかったとばかりに）ああ……。
水野――ああじゃねぇよ、バカ！

森本――（むしろ神妙に）水野さん。
水野――え？
森本――ヤスコって女はどこにいるんですか。
水野――え？
森本――だって、兄貴は……。
水野――こっちが聞きてぇくれぇだよ。
森本――ガセネタつかまされただけなんじゃないスか？
水野――どういうことだ？
森本――いるんですよ、まだ増岡ンとこに。だって、向こうにもいない、こっちにもいない、そうなったら、兄貴は捜しようがないじゃないですか、そこですよ、女のねらいは！
水野――じゃあ何だ、あの、おとといの――。
森本――ホントらしくみせるためですよ、だって、そういう風に言ってるわけでしょ⁉　下の、あの増岡組のやせっぽち……こっちに逃げ込んでるはずだって！
水野――（森本を見て、少し笑い）変わってんな、おまえも。
森本――え？　何？　岡村？　あんな奴、体中に穴あけて、道端に放り出せばいいですよ……フフ、兄貴は許しませんよ、そんな女……夢にみたんですから、女が泣いてあやまってんですよ、顔あげるとつけまつげがはずれかかってて……兄貴は「その、はずれかかってるまつげ、直した方がいいな」つって、ここんとこに一発ぶっぱなすんですよ、へへへ……。

森本、作業つづけようとする。

水野――休め。

森本――……。

水野――オラ、おめえの笑ってるとこが見てえよ、みーんな笑ってるぞ、そこらへん歩いても、テレビつけても、わからねぇけどさ何が楽しいんだか。だけどおまえ、こちとら言いようがねぇじゃないか「ああ、楽しいんですね」としか。向こうの勝ちだよ。

森本――それで、なんでオレが笑わなきゃならないんですか。

水野――え、ああ、ハハハ……つじつまが合ってねぇか、言ってることの……うん、そかそか、確かに合ってねぇよ、つじつまが。

森本――（また作業しようとする）

水野――（ので）だから、休めって！　うるせぇんだよ、トントン、トントン！

森本――……。

水野――こっちの身にもなれっつうんだよ、朝っぱらから。

森本――だけど音は――。

水野――音の問題じゃねぇよ！　だから言ってんだよ、ちったあ笑えって！

森本――（金づちを放り投げる）

水野――何だよ、その態度は。オレを誰だと思ってんだ。

森本――全然わかりませんよ、言われてることが！
水野――わからねぇ⁉　オレが誰で、おめえは誰だって話をしてんじゃねぇのか⁉
森本――オレが森本で、おたくが水野さん！
水野――おたく⁉　どこの県境から、おたくって言葉が目上の人間に使う言葉にかわるんだ！
あ⁉

真知があがってくる。

水野――（言い訳するように）気ィ狂ったみたいで、朝からトントン、トントンやりすぎて。
真知――……。
水野――ん？　お医者さんは？
森本――帰りましたよ、もう！
水野――おまえに聞いてねぇよ！

森本、下へ向かう。

水野――（つかんで）どこ行くんだよ。
森本――パチンコです！
水野――パチンコ？
森本――はなして下さい！
水野――どこのパチンコ屋だ！
森本――どこだっていいでしょ！

水野——そんな行きあたりばったりでやるからいっつも金がねぇんじゃねぇか！
森本——パチンコに行くって決めてパチンコに行くんだから行きあたりばったりじゃないでしょ！
水野——この屁理屈小僧が！　金のこと言ってんだオレは！
森本——金なんて、そこらへんに転がってますよ！
水野——転がってねぇよ！
森本——はなして下さいって！
水野——どこ行くんだ！
森本——だから——パチンコ屋に——。
水野——ホントにパチンコ屋に行くつもりか？　ホントに、ホントに行くつもりか？
森本——何なんですか……（わかったとばかりに水野と真知を指さして）あーあ……。
水野——何だよ……。
森本——行ってほしくないんだ、オレにここにいて欲しいんだ。
水野——ナニ？
森本——あ、目が泳いでる、頬っぺたが桃のように！
水野——てめえ！

森本、降りてゆく。

水野——くそガキが……（真知に）あ、すいません……。

真知　……。
水野　え、で、先生は何て？
真知　あと半年も、もつかどうかって……。
水野　今は？
真知　痛み止めうったら、眠くなったみたいで……。
水野　……。
真知　（水野の袖口ひっぱるようにして）水野さん。
水野　え？
真知　こっち……（人目を避けるような）……もう少しこっち。
水野　え？
真知　あっためて、私の体を。

急にはなれ、階段の上を気にして、

真知　（上を指して）誰もいない？
水野　あ、今は……。
真知　（迂回して）夕陽がきれい……（で水野に再度近づいて）ね、体……さっき私が言ったこと……。
水野　それは……。（尻ごみ）
真知　あの人が死んでしまったら、私どうすればいいの？
水野　大丈夫ですよ。まだ。

真知――だって、半年ももたないって。誕生日まで、もつかどうか……（悩んだように手を顔にあてて）

水野――……今は水野さんだけが頼りだって言ったら、あの人、うなずいてた……。

真知――だからって、今、あなたの体をあっためるわけには……。

水野――体に手をまわすだけじゃないの！

真知――そうすれば、おのずと体が触れ合う。

水野――そうよ、それが体をあっためるってことですもの！

真知――触れ合えば、また別の感情が生まれる……と私は思う。

水野――別の感情って？

真知――別の衝動って言った方がいいかな。

水野――（笑う）

真知――（ので）ああ、笑えばいいですよ、そうやって。それで私が傷つくわけもない。

水野――なあに、それ。

真知――そもそも、あなたはご存知ない、この水野が、おやじさんに、組長に、どれだけの恩義を感じているか！　ええ、二四！　水野はもう二四になってましたよ、香港のテンプルストリートで廃人同然だったオレを、カラスのエサにしかなりようのなかったこの水野を「おまえ、日本人だろ」の一言で、ゴミ溜めから拾いあげてくれた。一杯の水を差し出してくれた、それが組長ですよ。「きたねぇ奴だな」その声！　サングラスの奥から慈悲深い目がオレを見ている……かすんでいた屋台の赤いテーブルの足が――。

真知——聞いてる！　何度も聞いてますすよ！　ペニンシュラのロビーで撮った写真も見せてもらった！

水野——いやいや、ちゃんとは言ってなかったはずだ。

真知——私だって、ちゃんと言ってないことは山ほどある！

水野——いや、今は私のことを——。

真知——ううん、今は私のことを——、こっちを向いて。

水野——……。

真知——さっき、あの人の寝顔を見てたら、その顔にぬれたタオルを押しつけたくなった。

水野——（真知を見る）

真知——驚いたような顔をして！　慣れっこですよ、男の嘘なんて。

水野——……。

真知——結局、あの人は、最後の最後まで私のことを志波崎の籍に入れようとはしなかった、あなたなら、このことの意味がはっきりおわかりでしょう？　跡目のことがあるからですよ。そうでしょう？　日陰者ですか、あのタカヒロは！　結局損な役まわりで振りまわされるだけの！　ええ、わかってましたよ私には、三年前のあの時、増岡組の出入りを封じるためにタカヒロが自首して出ると言った時、あの人が内心では何を感じていたか。あの頃はまだ奥様も生きてらしたものね。私には一九で子供産ませといて結局は、年いってから正妻との間にやっと出来た子供が可愛いって話ですよ、……今日は「コーヒーでも」とはおっしゃらないのね。

水野——あ、今、豆が切れてて……。

間。

真知——あなたの一存で、どうとでもなる。

水野——え、何が？

真知——跡目のことですよ。あの人にもしものことがあれば、葬儀の場で当然そのことが問題になる。おわかりよね、私が何を言いたいのか。(足音に) 誰か来た……。

二人、さりげなく離れた。

入ってきたのは、藤井、手に紙袋。

藤井——うす……(場の空気を感じて) ん？　佐々木さんとかは……？

水野——今、コーヒーの豆買いに。

藤井——そうスか……。

水野——森本はパチンコに行った。

藤井——あ、森本にはさっきそこで。

水野——え？

藤井——なんかブラブラしてましたよ、そこの三叉路の水場ンところで。

水野——……。

真知——タカヒロは？

藤井――あ、いや……。

真知――一緒じゃなかったの？

藤井――オレは一人でカナメ町からミスギ通りの方に。

真知――……。

水野――(藤井に)どうだったんだ？

藤井――(ポケットから出して)委任状書いてもらいました、タカヒロ兄さんの助言で、色々スムーズにいきました。

水野――タカヒロの？

藤井――はい、まぁ、これのことだけじゃないんですけど。

水野――あ、そ。

藤井――サツの方じゃ、両方で話し合いをしろってことで今のところ手を引いてるらしいです。河田のおやじさんは、そんなもの出来るかってイキまいてました。だからオレも、んなもん当然ですよって……。

水野――見たの？　その機械。

藤井――ハイ、倉庫の奥の方でビニールかぶせてました。向こうの鉄工所じゃすでに増岡組の接待がはじまってるらしいですよ。

この間に、真知が降りてゆく。

水野――この不景気だ、あそこらへんで似たようなことが、二ツ三ツつづくかもしんねぇぞ。

藤井――そうですね。河田のおやじが言うにゃ当のそのアマノ鉄工所も危ないって話です。
水野――(委任状を) しまっとけ、これ。
藤井――ハイ……(しまいつつ) あ、そうだ、(あたりをはばかるようにして) そのタカヒロ兄さん見たんですよ……それが、ヨーコさんと一緒だったんです。
水野――え？　どこで？
藤井――ミスギ通りから住宅地に入るバス通りあるじゃないですか、あの入口ンとこに、キャッツアイって喫茶店があるんですよ。ガラスばりの……なんか似てる人いるなあと思ってよく見たらタカヒロ兄さんで……これのこともあったんで、報告、報告なんて思って、中に入ろうとしたら……いや、一瞬、ヤスコって女かと思ってヒヤリこきまして……向いに女がすわってたんで……でもそれがヨーコさんで……オレ、ちょっと後ずさり、なんつって……。
水野――藤井。
藤井――ハア。
水野――その話、胸にしまっとけ。
藤井――あ……。
水野――これ、食え。
藤井――豆ですか。
水野――豆。

藤井――あ、じゃあ、いただきます。

藤井、食べている。

水野、何やら考えていたが、

水野――若頭呼んできてくれ。

藤井――あ、ハイ。

水野――(コーヒー入れに行くが思い出して) ちくしょ、おせぇな、佐々木のヤロー。

藤井――あ、リンさん。

水野――(見る)

リンが来ていた。

リン――買ってきてくれた?

藤井――あ、ハイ、これです。

藤井、紙袋に入れたものを渡す。

リン――ありがとう。

藤井――いえいえ、お安い御用で。

藤井、降りてゆく。

リンはあえて隅の方にすわり。

リン――これ、毛糸。買ってきてもらったの、藤井に。ミスギ通りから住宅地に入るところにキャッツアイって喫茶店があるでしょ、あの隣が毛糸屋で……ホラ、私、編み物好きでしょ。(藤水野——（井のことを）何をあわてて？
リン——今、若頭を呼びに。
水野——あら、何のために？　あの人、これからマサハルのスイミングの迎えですよ。
リン——……。
水野——（毛糸を出して）フン、赤い糸……。
リン——（聞かねばと）そのう……。
水野——（わざと京都弁で）何どすえー？（と言って、笑う）
リン——（言うことなくて）キャッツアイ……。
水野——そう、そう、キャッツアイ……ずる賢そうな名前どっしゃろ？
リン——（苦笑い）
水野——それはそうと、カナメ町の方のショバ何とかしないと、うちもシノギけずれまへんのとちごおすか？　ああ、むかつくわ。このチンタラ言葉！
　　ツヨシ、あがってくる。
リン——（リンがいたのが意外だった）……。
ツヨシ——（察して）こっちの方が最近、居心地がいいのよ。病人の方はまだしも、二号さんの看病がうっとうしくて。あんた、マサハルの迎えは？　スイミング！
リン——うん、藤井に行かせた。（冷蔵庫の方に行き飲み物を出して飲む）
ツヨシ——今、佐々木にコーヒーの豆、買いに行かせてて……。

ツヨシ――え？
水野――いや、コーヒーの豆を……。
ツヨシ――ああ……。
水野――（窓の方に行って）何やってんだ、あのバカ……。
ツヨシ――（リンに）何してんだ、おまえ。
リン――何何づくしで！
ツヨシ――あ？
リン――何何づくしって言ったのよ！（立ちあがり、行こうとして）あそうだ、今年の冬ね、あんたに寒い思いはさせないわよ、これ（毛糸）、毛糸のパンツ編んであげるから。若い頃、さんざんいただき物したんだから、ここらへんから、お返ししないとね、ほな、あて、いなりますさかい。

リン、降りてゆく。

水野――え、もう（リンはヨーコの妊娠を知っているのかとジェスチャーでやる）……？
ツヨシ――（ので）大丈夫ですよ、声出して。
水野――あ……え？　知ってんですか？
ツヨシ――知ってるでしょう。
水野――（うなずいて）
ツヨシ――まあ、ひと月もすりゃ、それはそれってことでおさまりますよ。

水野――（酒を）やりますか？

ツヨシ――え？　ひとりで？

水野――形だけなら、私も。

水野、グラスにスコッチを入れて、

水野――どうします？　下の……。向こうからこうも反応がないんじゃ、ああして置いていても……。

ツヨシ――ま、そのうち何かの役には立つんじゃないスか？

水野――うん……。（と気のない返事をする）

ツヨシ――（ので）え？　どうしたんスか？

水野――若……。ヨーコさんね、きること出来ますか？

ツヨシ――え、きる？

水野――別れるってことですよ。

ツヨシ――（しばし考えて）……意味がわかんないな……。

水野――……。

ツヨシ――え、どういう理由で？

水野――子供が生まれてからじゃ遅いでしょ。

ツヨシ――遅い……何が？

水野――変わりますよ、女は。

ツヨシ――……。

水野――いや、もう変わりつつあるのかもしれない……それこそ。ここ（腹）に、もうひとつの人格があるとなれば。

ツヨシ――で？

水野――女は強くなる、守るべきものがあると……男とは逆で……。

ツヨシ――そんな……水野さん、どっかで聞いてきたようなことを……！

水野――そう、そう、だから言い古されたことこそ真実だって話ですよ。

ツヨシ――真実！　なんでオレがそんな真実につき合わなきゃならないんですか？

水野――組のためですよ！　この志波崎組のために！　ヨーコさんをきるんです！

ツヨシ――（神妙に）それは……水野さん、何か知ってる……そういうことですか？

水野――（首を横に振って）そうじゃない……今があって、これからがある。今のうちにこれからの、将来の、問題となる芽をつみとっておきたいんですよ！

ツヨシ――何を知ってるんですか？

水野――知ってるんじゃない、おそれている。そう、おそれているから言ってるんです。

ツヨシ――おそれている……ヨーコが花街で拾ってきた女だってことに何か関係がありますか？

水野――いや、いや……。

ツヨシ――あのね水野さん、オレは、毛糸のパンツだけじゃ寒いんですよ、上に何かはおるものがないと……。

水野――いや、そりゃ、はおったっていい、毛糸のパンツだけじゃ寒いってのも、よおくわかるし。

ツヨシ――そうかなあ……。

水野――え、何が？

ツヨシ――そんなこと言いながら水野さん、毛糸のパンツもはいてないんですよ。

水野――毛糸のパンツ？　はいてますよ、前から言ってるじゃないですか。

ツヨシ――ああ、香港に残してきたってゆう？

水野――そう。

ツヨシ――……。

水野――見ますか⁉（ふところから写真を出して）これ！　ホラ、ペニンシュラのロビー！　から二階にのぼる階段！　腕からませてるのが毛糸のパンツ！　ここで飲むカフェオレが何よりも好きな！（誰かの足音に）おまえ、遅いよ！　コーヒーの豆買うのに何時間かかってんだ！

が、入ってきたのは森本で、

森本――……。

水野――あ、おまえか……おまえは……確か、パチンコだったな……。はえーじゃねぇか、敗けたのか？

森本は、何も言わず、窓辺の椅子に座る。

水野――ま、いい、いい……（ツヨシに）その話は、またあとで、（上にのぼりかけて）あ、森本、佐々木が戻ったらな――あ、いいや。

水野、上にあがってゆく。

ツヨシ――(黙ってる森本に)何だよ。
森本――(ツヨシを見る)……。

ツヨシ、グラスの酒をあおり、そこにある豆を食う。

ツヨシ――オレのツラに何かついてるか?
森本――オレ、何か役に立ってますか?
ツヨシ――あ?
森本――組のために……。もう、四年もたつんですけどね。
ツヨシ――何だよ、いきなり。
森本――どっち向いてんのか、わかんなくなって……。
ツヨシ――ふーん……どっち……どっちって、どういうことだ?
森本――……。
ツヨシ――(少し笑い)え?

森本、右に左に動きまわり。

森本――ちがう! こういうんじゃねえ! そういうことばっかりですよ!
ツヨシ――おとついのこと言ってんのか?
森本――おとつい? ああ、いえ、ちがいます。おとついはおとついでアレなんスけど……だって! おとついはオレなぐられんの、当然じゃないスか、けられんの当然じゃないスか!

（急に思い出して）あれ、スイミング！　迎え！
ツヨシ――大丈夫だよ、心配しなくても。
森本――そうスか……あぶね、あぶね……（照れたように）汗かいちゃったよ……。
ツヨシ――……。
森本――（つぶやくように）オレ、パチンコなんか行きませんよ……あんなん、つまんないし……じっとすわって、玉うって、何が面白いんですか……（ツヨシに）オレ、聞いてみたいスよ、玉うってる奴らに、「おめぇら、うしろめたいからこんなことしてるんじゃねぇのか？」って。……あいつらね……銀行に貯金してますよ、小金を……で、ちまちま、ちまちま引き落としちゃ、パチンコにつぎこんでんですよ、一〇〇〇〇円も勝ちゃ大騒ぎ、箱五箱もつみあげりゃ、もうパニック、飲めや歌えやでしょう！
ツヨシ――……。
森本――（またつぶやく）じっとすわって、玉うって……（また思いついたように）敗けりゃ、敗けたで商店街のシャッターけりあげて足の骨にヒビ入れて、かかった治療費で女房と大ゲンカ、ハハハ。
ツヨシ――（酒をもう一杯注ぎに行って）気づいてるか、おまえ面白ぇツラしてるぞ。
森本――あ、それ、最初に言われました、おやじさんの前に出た時。
ツヨシ――へぇ……。
森本――だからオレね、どういうことですかって聞いたんスよ、そしたらおやじさん、手をこうツヨシ――やって……「未知のゾーンだ」って。オレいまだに解明出来てないんスよ、その意味が。だってオレ、それまで客商売やってたでしょ、「不景気なツラしてんじゃねぇよ」って、いつもドヤされてましたから。

森本――え、あそう、四年たつんですよ。

ツヨシ――四年か……。

森本――役に立ちてぇか？

ツヨシ――……。

森本――役に立ちてぇかって聞いてんだよ。

ツヨシ――もちろんです。

森本――……。

ツヨシ――何かありますか……。

森本――今、考えてる。

ツヨシ――……。

森本――フフフ……未知のゾーンか、面白ぇこと言ったもんだな、おやじも。

ツヨシ――解明できます？　それ。

森本――解明出来ねぇから未知なんじゃねぇのか？

ツヨシ――え？　あれ？　そういうことですか？　でも、あれ？　え？　未知、解明……え？　え？

なんかわかんなくなったぞ……。

ツヨシ――（おもむろに）タカヒロ兄さんさ、帰ってからこっち、どうにもオレのこと避けてるような気がしてしょうがねぇんだよ。
森本――……。
ツヨシ――オレはさ、おやじの言うとおり、仲良くやっていきてぇのにさ……どこ行ってんの、今。
森本――いや……。
ツヨシ――ホラ、かわいい弟分に行き先も言わねぇで……。
森本――もしかして、あの、ワカバ町のマンションにでも行ってんじゃないスか？
ツヨシ――女もいねぇのに？
森本――……。
ツヨシ――おまえ、さりげなくでいいからさ、オレが兄さんのこと、昔から尊敬してたとかさ、言っといてくんねぇか？　さりげなくだぞ、わざわざ言うと、アレだから……何だ、その……嘘っぽくなるから……うまい話の流れでさ……。
森本――……。
ツヨシ――（悲嘆にくれたように）寂しいんだよ、オレは！
ここにヨーコがあがってくる。
ツヨシ――足音くらいさせろ。
ヨーコ――用心しいしいのぼってきましたさかいに……。
ツヨシ――アホか……どこ行ってたんだ？

ヨーコ――へえ……お父さんの好きな桃を買うてきました。

ツヨシ――(怒鳴って) どこに行ってたんだって聞いてんだよ!!

ヨーコ――せやから、果物屋《もん》さんです……何ていうたかなあ、ホラ、緑色の看板に……御主人が頭ツルツルの……。

森本――福田屋。

ヨーコ――それどすわ……かなん女やわ、頭ツルツルやて……。

ツヨシ――おやじに買ってきたんだったら、こっちに持ってきてもしょうがねぇじゃねぇか。

ヨーコ――こおおすやん、リンさんいたはるし……そやし、あんたから持ってってほしいんどす。

ツヨシ――……。

森本――オレ、持っていきましょうか。

ヨーコ――森本さん、それはあきまへん、なんぼなんでも、それは……。

森本――いや、オレの方は……。

ヨーコ――何て言わはりますのん?「これ、ヨーコさんからです」て? ツヨシさん、ここにいたはるのに、おかしおすやん。二人して「勝手に食うとけ」言うてるみたいですやろ。気持ちも何もあらしまへんやん。(ツヨシに甘えるように) はよ、持ってっておくれやす。

ツヨシ――……。

ヨーコ――(水野の忘れてった写真を見つけて) これ、何の写真どす? (見て) いやあ、水野さん……若こおすやん……これが奥様?

ツヨシ――（写真を取りあげる）
ヨーコ――……。
ツヨシ――そこに置いてろ、オレが持っていくから。
ヨーコ――なにをそないにプリプリ……。
ツヨシ――明日の検診な、佐々木が連れていくから。
ヨーコ――え？　一人で行けます。
ツヨシ――……。
ヨーコ――一人で行けますさかい。
ツヨシ――言うとおりにしてりゃいいんだよ。
ヨーコ――……わかりました……。

ヨーコに対する愛しさがつのったツヨシ。それを感じた森本がトイレに行こうとすると、上から水野が――。

森本――あ。
水野――写真……。
ツヨシ――ああ……。（と自ら水野に渡しにいく）
水野――捜しちゃったよ、（森本に）何してんの、おまえ。
森本――今、トイレに。
水野――あ、そ。

ツヨシ――（ヨーコの腹に手をあてて）男の子だ……オレにはわかる……。

水野、ひっこむ。

森本、トイレに。

ヨーコ――……。

ツヨシ――一才、二才、三才……絵がかけるようになったら、毎年オレの似顔絵をかいてもらう……「よおく見てかけ」そう教えるんだ……だんだん、オレに似てくる……マサハルとは八つちがいの兄弟ってことになるな……まだ一緒に遊べるだろ……。

ヨーコ、離れる。

ツヨシ――（ヨーコに）いいか、じっとしてろ……それが子供のためだ。

ヨーコ――……どういう意味？

ツヨシ――妊婦に言う言葉だ。

タカヒロが入ってきた。

ツヨシ――（気づいて）こっちも！　足音がしねぇよ！

タカヒロ、あたりを見まわすような……。

タカヒロ――ん？　水野さんは？

ツヨシ――（上を指さす）

タカヒロ――いや、コーヒーの豆を……。（と持っているものを）

ツヨシ――え、佐々木は？

タカヒロ――今そこで……佐々木は下に……水あげてる、下の捕虜に……。

タカヒロ、上へ行こうとすると、トイレから森本が出てくる。

タカヒロ――あれ、何だおまえ……。

森本――今、トイレに。

ヨーコ――これ（桃）、冷蔵庫に入れときまひょか？

ツヨシ――……。

ヨーコ――（少し笑って）いやぁ、返事してもらえしまへんわ……。（森本にかける）

森本――……。

ツヨシ――（下に向かって）佐々木！

下から「ハーイ」という返事があって、佐々木がのぼってくる。

佐々木――ハイ。

ツヨシ――何だよおまえ。

佐々木――ハイ？

ツヨシ――（頭こづいて）てめぇで持ってこい！　コーヒーの豆ぐらい。

佐々木――あ、でも……。

上からタカヒロが降りてくる。

それぞれにしゃべることないような……。

タカヒロ――つけりゃいいじゃねぇか。

タカヒロ――あれ、おまえ、さっき、水流した？

　　と言って、部屋の明かりをつける。

　　そう、陽はすでに落ちているのだ。

森本――え？

タカヒロ――トイレ、出てくる時。

森本――あ、出なかったんで……。

タカヒロ――……。

　　電話が鳴る。

　　皆、緩慢にその電話をみる。

森本――（とって）ハイ……え？　部屋を捜してる？

佐々木――（すかさずとって）もしもし！　ああ、おまえか……（受話器を押さえ、ツヨシに）どうしましょ、さっきの、部屋を捜してるって学生みたいなんですけど……（電話に）ちょっと待ってくれ、え？　もう近くまで来てんのか？

タカヒロ――教えてやれよ、道順を。

佐々木――もう、フローラんとこまで来てるらしいです。

タカヒロ――フローラ？

佐々木――花屋です。ナチュラル整骨院の隣りの。

タカヒロ――ああ、じゃあ、あとは簡単じゃねぇか。

佐々木――あのね、そこまっすぐ歩いてきて。しばらく歩くと三叉路あるから、その三叉路を左に曲がって……狭い道だけど、うん、ずっと奥まで……書いてある、書いてある……。わかんなくなったらまた電話して。

佐々木、受話器を置いた。

タカヒロ――（佐々木に）下の、連れてこい。

佐々木――え？

タカヒロ――いいから連れてこい。

佐々木、降りてゆく。

ツヨシ――（半ば笑いながら）え？

タカヒロ――動きはじめたってこっちゃねえのかな……。

ツヨシ――増岡組が？

タカヒロ――（うなずいて）……。

ツヨシ――で？

タカヒロ――こっちも、それなりのことやんなきゃならねえってことでしょ。

ツヨシ――……。

タカヒロ――ん？　藤井の奴は、まだ？

森本――あ、もう、さっき。

タカヒロ――そうか……カナメ町の方も先手うたないと、増岡は今、江崎組バックにこっちをつぶしにかかろうとしてる……。
ツヨシ――そんなこたわかってますよ！
タカヒロ――わかってんだったら、わかってるなりのことをやろうって話ですよ。
ツヨシ――……。
タカヒロ――確か、カナメ町の方のショバはまるごと譲ったって話だったんですよ、オレの聞かされた話じゃ、いや、そうじゃなかった、一部だけでまるごとじゃなかった、それならそれでいいんですよ、オレは、その一部を、増岡がきりくずしにかかってんだったら、守りましょう⁉　組をあげて守りぬきましょう⁉　オレは、そう言ってるんですよ！

下から佐々木が、捕虜（オカムラ）を連れてあがってくる。
皆、その方を見る。

タカヒロ――大丈夫か、こいつ。名前、なんていうんだっけ？
佐々木――オカムラです。
タカヒロ――オカムラ……立派な名前があるじゃねぇか……。
オカムラ――……。
タカヒロ――今な、学生が部屋捜しにくるんだ。オカムラ、おまえ、そいつを殺《や》れ。いや、ホントに学生かどうかわかんねぇよ……。でも向こうがそういう風に言うんだろ？
佐々木――ハア……。
タカヒロ――信じてやろうじゃねぇか。（オカムラの体をさわって）ひきがねひくぐらいの体力はあるだろ？

オカムラ――……。

タカヒロ、引き出しから銃をひとつ出して、

タカヒロ――こんな時間だ、近所迷惑にならねぇように、これ使え。（佐々木に渡す）

サイレンサーのようだ。

タカヒロ――わかるな、おまえとその学生と、一時間後に二人とも息をしてるってことはありえねぇぞ。

オカムラ――……。

ツヨシ――タカヒロ兄さん、オレ、今、感動してんすよ、兄さんがいつになく熱くなってくれてるんで……。

タカヒロ――……。

ツヨシ――（ヨーコに）おい、桃よこせ、おやじに持っていくから。あ、いいや、オレの方が近い……。（と自分で持つ）

下へ行こうとして、

ツヨシ――何してんだよ、おまえも来るんだよ。

ツヨシについてヨーコも降りてゆく。

残された四人。

オカムラ――助けてくんねぇか……。言ったろオレは何にも知らねぇ……知ってることは全部話した……。

三人――……。

いきなり、逃げようとするオカムラ。
それを止めようとする佐々木。その時、銃が床にころがる。
それにオカムラが手をのばそうとするので、森本が拾う。
タカヒロは、すばやく、別の銃をとり出して、構えていた。
上から水野が降りてきた。
タカヒロがわざわざ持っていったコーヒーの豆を右手にもっている。

オカムラ――……わかった……もう逃げねぇ……もう逃げねぇよ……。

水野――タカヒロ……オレに何か言うことたねぇか？

タカヒロ――……。

水野――キャッツアイって喫茶店でのことだよ。

タカヒロ――……！

水野――あ？

タカヒロ、水野に近づこうとするので、

水野――そこで言え！　今、オレに！

タカヒロ――……。

水野――どこにいる？　女は。

タカヒロ――いや、オレは――。

水野――他にどんな用事があって、キャッツアイなんて喫茶店《とこ》に行く必要があったんだ！

下で「ごめん下さーい」の声。

水野――オレに言いにくいんだったら、森本にでも言っとけ、（佐々木に）案内しろよ、部屋捜しに来たんだろ?

佐々木、下に降りてゆく。

水野、布の奥にいき、椅子にすわる。

森本――兄貴……。

タカヒロ――……。

森本――何スか、キャッツアイって。

タカヒロ――……。

森本――兄貴!

下から一人の男があがってくる。

その男に向けて、引き金をひく森本。

男たおれる。

森本は、たおれた男を階段の上から下にけおとす。

男が階段をころげおちる音。

森本――言ってくれたっていいじゃないスか、オレ、役に立てるんスから。

タカヒロ――……。

呆然のオカムラ。

ころがったものを見ながら階段をあがってくる佐々木、風が布をゆらし、椅子にすわっている水野がチラと見える。

森本がチンピラからステップアップした一瞬であった……。

暗転――。

第三幕

ヨーコ――……。

三ヶ月がたった。
窓の外に、雪がチラホラ。
午前中であるが、どんよりの天気。
そこにいるのは、ヨーコひとり。

黒い服を着ているヨーコ、お腹がやや目立つ。
そこにあがってきた佐々木も黒いスーツを着ている。

佐々木――あぁ……。
ヨーコ――皆さん、もう……？
佐々木――いえ、オレ、ちょっと先に……。ツヨシさんに先に帰ってろって言われたもんで……。
ヨーコ――……。
佐々木――寒いです。外は。
ヨーコ――……。
佐々木――あたりまえすけど……（所在なげで）きょうが……（指折り数え）……だから、しあさって、しあさってスね、病院、診察……。
ヨーコ――（お腹に手をあてて）いつも悪おすなァ……。
佐々木――（とんでもないと手をヒラヒラさせて、窓外を見て）雪で道が凍ったりしなきゃいいんスけどね……。

ヨーコ――佐々木さん。

佐々木――ハイ。

ヨーコ――子供の頃の、最初の記憶て何どす？

佐々木――え、最初の……。

ヨーコ――たぶんこれがおぼえてる最初の出来事やゆうことですワ。

佐々木――あっと……何だろ……。

ヨーコ――私な……たぶんこれやゆうのがあるんです……車に乗ってますのや……乗せられてるゆうた方がええやろか……うしろの座席ですワ……前で運転したはる大人の男の人が時々うしろ振り向かはるんです。その顔が大きおすのやわ……なんや優しい言葉かけてはるようやねんけど、顔が大きいさかい私、こおおすの、フフフ……ほんでな、車の窓たたく人がいたはるの、ここらへんがなんやおかしいんやけど、そやかて車は動いてるはずやのに、窓の外からですやろ……。

佐々木――……。

ヨーコ――そう、そう、私、毛糸の上掛けを着てるんです、その上掛けはお母ちゃんが編んでくれはったもんで、それはもっと大きゅうなってからも私の手もとにありました……証拠の品みたいに何年かあとまで私の手もとにあったんです……。

佐々木――冬だってことですね。

ヨーコ――え？

佐々木――その記憶は……。

ヨーコ――そう、だからそのことを思い出していたんです。

佐々木――最初の記憶か……難しいな……。

ヨーコ――お父さん、この子が生まれるころまではもつやろて、お医者さん言うたはったのに……。

佐々木――そう……結局、年も越せませんでしたね……。

ヨーコ――お墓に報告せなあきません、生まれた時には……。

佐々木――ああ……。

間。

ヨーコ――あ、せや、佐々木さん、あそこの電球、かえてくれはらしまへん？　私、よう届きまへんのどす。

佐々木――え、あれですか？

ヨーコ――へえ……夜になってからではおそおすやろ。

佐々木――新しいのは……。

ヨーコ――ここに。

佐々木、受けとって、つけにかかる。

佐々木――そういえば昨夜、そんな話になりましたね。

ヨーコ――皆さん、バタバタしたはったし……あ、（椅子を）おさえときまひょか？

佐々木――あ、大丈夫です。

リクライニングの椅子にのって、電球をつけようとするが、椅子がクルリとまわって、佐々木、よろける。

それを支えようとしたヨーコの手を佐々木の手が、つかみ合う。

佐々木――ハハ……クルっと……。

ヨーコ――そやから言うたでしょ。

つかみ合った手を離す時、二人に自意識。

佐々木――……。

ヨーコ――……。

森本が入ってきていた……が、二人は気づかない。森本も黒いスーツ、椅子にすわる。

佐々木――しあさって、道が凍ってなきゃいいんだけど……。

ヨーコ――(自分の手を見ながら) 強い力やったわ……やっぱり男の人ですナ……。

佐々木――(自分の手を見ながら) この手のことですか……。

ヨーコ――凍ってたかて、かめしまへんやん。

佐々木――……。

ヨーコ――言わはったでしょ、道のこと。誰にも言うたらあきまへんえ。

そう言うとヨーコは佐々木の唇に自分の唇を重ねた。

佐々木――……。

ヨーコ――はよ、(電球を) つけとおくれやす!

佐々木――あ……。（椅子にのる）

ヨーコ――しっかりつかまえときますさかい。

佐々木――（つけている）

ヨーコ――私は、佐々木さんの、あの話が好きなんどすぅ、ホラ、エスカレーターの昇りと下りので、一〇年ぶりに会わはったお友だちとの話！

佐々木――ああ、あれね……。

ヨーコ――こう、離れながら「元気か？」「元気やわぁ」言い合うて……そのうち、声が聞こえんようになって、身ぶり手ぶりでて……あ、つきました？

つけ終えた佐々木は、もう一度キスを所望したい、その気持ちを察したかヨーコは、さりげなく離れながら、

ヨーコ――もっぺん昇りのエスカレーターにのったら、そのお友だち、待ってはりましたやろか……（森本に気づいて）あ、帰ったはったんですか……。

森本――……。

佐々木も布の陰から出てくる。

佐々木――今、電球をつけてたんだよ。

森本、立ちあがり、流しの方に行き、水道の水を飲む。

佐々木――水なら、ここにあるじゃねぇか。

佐々木は、冷蔵庫から水を出し飲む。

森本――え？　何か言ったか？
佐々木――水、これ。
森本――ああ……。
佐々木――あ、はずしたの――。（と古い電球をとりにいく）
　ヨーコ、鼻歌などしながら、テーブルの上を拭いたりしている。
　佐々木、はずした電球をゴミ箱に。
森本――（ペットボトルをアゴでしゃくって）名前書いとかないと、誰かが飲むぞ。
佐々木――大丈夫だよ……飲むんだから……。（ペットボトルを手にもつ）
　森本、窓辺に行き、外を見る。
佐々木――ここが……あ、オレやりましょう。
ヨーコ――あ……。
　佐々木とヨーコ、もたついている。
森本――（ヨーコに）あんた、自分から行かないようにしたの？　来るなって言われたの？　どっち？
ヨーコ――どっちて……なんとなく、そうなりましたんどす……。
森本――……。
佐々木――ま、リンさんもいるしな……。
森本――ちょっと待てよ、何となくってこたないだろ、それ、いちおう喪服だろ？

ヨーコ――へえ……。
森本――どういうつもりでそれを着たのかってオレは聞いてんじゃねぇのか？
佐々木――それはおまえ、行くとか行かねぇとかの――。
森本――(佐々木に) うるせぇよ。
佐々木――う、うるせえ……？
森本――(ヨーコに近づいて) なあ、オラ、はっきり言ってもらわねぇと、わかんねぇんだよ。だいたい、その、なんとなくって――。
佐々木――おい、うるせぇってのは――。

森本、振りむきざま、佐々木にパンチ！

佐々木――い、いてぇなこのヤロ……。
森本――かかってこいよ、いいカッコしたいんなら。
佐々木――てめぇ！ (つかみかかる)
ヨーコ――やめて！　佐々木さん、やめてえな！
佐々木――……。
ヨーコ――来るなって言われたわけやおへん！　けど、そないな空気を感じたんどす。みなさん出かけられる時、私ここにいたのに誰もむかえに来はらしませんでした！　そやから私、ずっとここにいたんです！　ええですか？　それで⁉
森本――……。

佐々木――わかったたか！　行こうと思ってたんだよ、ヨーコさんは！　だから喪服を着た！　あれ、ボタンどこ行った……。（拾って）……ちがう、こりゃ、コーヒーの豆だ……。

ヨーコ――森本さんが私のこと嫌うてはるのはようわかってます……そやけど私の方では森本さんのこと、ちっとも嫌うてまへん。

佐々木――え？

ヨーコ――（少し笑って）慣れてます。これまでにもそないなことようありましたし。

森本――……。

ヨーコ――今日かて、私がなんも悲しんでないて思うたはる人もいてるみたいやし……（訴えるように）あの人のお父さんが死なはったんどすえ？　この子のおじいちゃんですやん！　悲しないわけおへん！

森本――そんなこと聞いてねぇよ。

ヨーコ――（即うなずき）そうですね……。

森本――今も、わざわざ遠まわりしてミスギ通りを通ってきた……キャッツアイの前を通ると、いつも中をのぞいてしまうんだよ……わかるか？　兄貴が、あんたと一緒にいるんじゃないかと思って！　言えねぇよ、兄貴には！　男同士だからな、もう三ヶ月もたつのに一言も聞いてねぇんだよ、オレは！　あの日、ヨーコって女とは何を話してたんですかって！

ヨーコ――……。

森本――聞かねぇよ、オレは……聞いてどうなる？　あんたと兄貴が何を話してたって、何を話してたって、そこで兄貴が何かを思って、何かを決めたとしても、オレは兄貴のことを信じるんだよ！　信じてるから、何も聞くこたねぇって、そういう理屈なんだよ！　そんなツラしてオレのこと見てんじゃねぇよ！

森本は、水道を出し、水で顔をバシャバシャと洗う。

佐々木――だけどおめえ……タカヒロ兄さんは……て言うか、そのヤスコって女は、増岡ンとこに戻ったっていうじゃねぇか……結局アレだろ……タカヒロ兄さんに命ねらわれてるってわかって、向こうに逃げこんだって話だろ？

森本――（佐々木を見る）

佐々木――（見られて）だから、まあ、オレも甘い読みだったよ、女心だなんてな……。おっ、あった。

佐々木、ボタンを拾う。

ヨーコ――女心や思います……あの日、一度だけ電話がありました。ヤスコさんから……タカヒロ兄さんに合わす顔がないゆうて……せやから、そのことだけでも伝えたい思うたんです……。

佐々木――……キャッツアイで？

ヨーコ――へえ……。

森本、いきなり、佐々木のボタンをとりあげて、窓の外に投げる。

佐々木――あっ……！

森本――……。
佐々木――ボタンに何のうらみがあるんだ!!
森本――……何言い出すか、わかったもんじゃねえ……。
佐々木――え？　何だ……何が？
森本――てめえらがだよ！
佐々木――寒いよ、閉めろ！

自分で閉めにいく佐々木。

森本は、上の階にあがってゆく。

佐々木――今、車が……。
ヨーコ――……。
佐々木――みんな帰ったみたいです……。
ヨーコ――（佐々木から離れて）……。
佐々木――（それを）……え？
ヨーコ――私、どないな顔してたらええんやろ。
佐々木――それは……。
ヨーコ――佐々木さん、時々、私をたたいて下さい。
佐々木――え？　たたくって……？
ヨーコ――そやかて今日は……今日は、お父さんのお葬式ですやん！（窓外を見て）ああ雪ですえ、

佐々木――皆さん、大丈夫やったやろか……。

ヨーコ――あ、車ですから……。

佐々木――……。

（ヨーコの変調にたじろいでいて）……そっか……（と意味不明、で、急に）あれ、これ、分別しないとダメか。

ゴミ箱から電球を取り出した時、水野、タカヒロ、藤井が、それぞれに黒いスーツで、あがってくる。

佐々木――お疲れ様です！

藤井――うう、一瞬、冷えた……。

佐々木――あれ、ツヨシさんたちは？

タカヒロ――母屋の方に。

藤井――（電球を）何スか、それ。

佐々木――ああ、ちょうど取り替えたとこだったから。

藤井――ああ……。

タカヒロ――森本は？

佐々木――今、上に。

真知があがってくる。むろん喪服だ。

佐々木――お疲れ様です！

真知――まったく、雪が降るなんて……！

水野――忘れた……（藤井に）車ン中に封筒忘れた、とってきてくれ。

藤井――あ、ハイ。

藤井、降りてゆく。

真知――（ヨーコを見て）ああ、いたの……。

ヨーコ――……。（うなずく）

佐々木――だけど、坊主ってのもたいへんな仕事ですね、あの寒空で……。

森本が降りてくる。

森本――お先でした。

水野――ああ……。

タカヒロ――何してたんだ。

森本――いや、ちょっと……。

藤井があがってくる。

タカヒロは、その手から茶封筒をとり、水野に渡す。

タカヒロ――（気づかないので）水野さん。

水野――ん？ ああ……。（と受け取る）

水野は封筒の中の何やら書類を見ている。

真知――だけど、無事終わった……！

森本——（ペットボトルを）誰のだ、これ。
佐々木——オレのだ。（と取る）
真知——（ヨーコに）ものっすごく寒かったの墓地が……吹きっさらしなんだもの、あれじゃあ、妊婦には毒よ。
ヨーコ——……。
水野——タカヒロ、これ、おまえ、出れるか？
タカヒロ——（書類を見て）二四日……あさってですね、大丈夫です。
水野——形だけの話し合いにしとけ、今回は。
タカヒロ——ハ。
水野——（背すじを伸ばし）……確かにちょっと疲れたな……。
真知——（書類は）なあに？
タカヒロ——組合の集まりです、カナメ町の。
水野がラジカセのところにいき、音楽をかける。
水野——（おもむろに話し出す）……ネイザンロードのはずれにちっちぇ公園があった……何だか知らねぇ、そこらへんに、花がいっぱい咲いてたよ……オラ、チンピラとケンカして、体中汗だらけ、血だらけで……フフフ、おやじさんが聞いたよ「なんでケンカした？」って……こたえられねぇよ、理由なんかねぇんだから……「おまえ、バカか」って言われてな「親に大学まで出させてもらっといて」って……で、おやじさんがベンチにすわって「水野、あの噴水をみろ」って言ったんだ……「のぼっていこうとする水がある、のぼりきらねぇで落ちてくる水がある……挫折したわけだ……だけどおめぇ、のぼっていく水は、いつもあの落ちてくる水を支えているように思えやしねぇか？」って……（感極ったように、しばし、口をつぐんで）そう、あの公園に、噴水があった……蒸し暑い日だったよ……おやじさん、オレの顔の前で、手をこうするクセがあってな……「見えてるか？」って意味だったんだろう……。

この間に、リンがあがってくる。

ワインレッドのコートを着ている。

藤井――（リンに）今、組長の思い出を……。

水野――思い出じゃねぇ！

藤井――あ……。

水野――……思い出じゃねぇよ……（また怒り高じて）ここが！　目の前のことが見えてるのかって話だろ！　てめぇら、今日の葬式に江崎さんが来なかったのが、どういうことかわかってんのか！

リン――……向こうに、お寿司の用意が……。あんたら、ちょっと手伝ってよ。

藤井、佐々木、森本が「うす」と言い、降りてゆく、ヨーコも行こうとする。

リン――あんたいいわよ。

ヨーコ――……。

リン――私、妊婦働かせるほど鬼じゃないし、
水野――（音楽止めて）タカヒロ、ちょっといいか。
タカヒロ――ハイ。

水野、タカヒロ、上へ行く。

残った女三人。

リン――え？　思い出って？
真知――……。
リン――姉さん泣くのはわかるけど、ツヨシがあんなに泣くとは思わなかった……。
真知――そうね……。
リン――いやだ、私、まだこんなものを……（とコートを脱ぐ）そう、思い出って言えば、このコートよ……どうなんですかね姉さん、この、物をあげたがる男ってのはネがどういう男なんですか？
真知――そんなこと、どうして私に聞くのよ。
リン――だって、先輩でしょ、女として。
真知――もらったことないわよ、私は、男に、物なんか。
リン――え？　組長は？　何にも!?
真知――私自身、欲しくもなかったし、物なんか。
リン――私だってそうですよ！　だから私は、こう思ったわけですよ、私を、つなぎとめておく

真知――……。自信がないから。物あげるしか！

リン――ってことは、ってことはですよ姉さん、私は、物で一緒になったわけじゃないんだってことを、教える義務がある！　そう思うの、妻として。

リンは、そこらに置いてあったヨーコの鋲をうったバッグに近づいてゆく。

リン――（それを手にとって）いくらぐらいすんの、これ。

ヨーコ――……。

リン――姉さん、知らない？　この高そうなバッグ、いくらぐらいするのか。

真知――家計をおびやかすほどじゃないってことでしょ。

リン――なるほどね……（バッグを戻し、下へ行こうとして）あ、寿司のこと、私言いましたよね……言った、言った……。

リン、降りてゆく。

真知――（コーヒーメーカーに近づいて）コーヒー、飲む？

ヨーコ――……。

真知――これは？　あ、こうなってんのか……。

ヨーコ――姉さん、なんで私に、あんなこと、言わはったんですか。

真知――え？

ヨーコ――……。

真知――私があの人の息を止めたんだってこと？　ホントのことだからよ。
ヨーコ――……。
真知――コーヒーは、こんなもんでいいのかな……え？　そのことでしょ？
ヨーコ――私……。
真知――私、なあに？　で、水を入れてと……スイッチ、ポン。
ヨーコ――……。
真知――え、何？
ヨーコ――私だけに言わはったんでしょ？　なんでですか？
真知――わかってほしかったからよ、あなただけには。
ヨーコ――わからしまへん！　それだけやない！　私ここに（胸に）、そないなこと、どうやってしまっとけるんですか！
真知――いい？　これはあなたの問題でもあるのよ、その子が生まれる、マサハルくんとの間にどんな問題が生じるか、それはあなたと、あのリンさんの問題でもあるわ。
ヨーコ――（首を激しく横に振って）そないなこと、今はまだ――。
真知――考えるのよ！　今！　お肌がきれいなうちに！（と言ってから自分で笑い）……お肌がきれいなうちにって……あなたのお肌があんまりきれいだから……つい……言ってしまったけど……。
ヨーコ――殺さはったんですよ、組長を……。

真知――（首を横に振って）……組長を殺したんじゃない……タカヒロを、私の息子を、この組の、正統な、立場に置こうとしただけよ。

ヨーコ――……。

真知――わかるでしょ！　あなたがそのお腹の子供を可愛いと思う気持ちがあるのなら！

コーヒーがグツグツと音をたてている。

真知――タカヒロは……ヤスコって女とは、ホントに切れてるのね？……。ホントに忘れることが出来てるのね？

ヨーコ――わからしまへん、私は一度だけ電話もろただけですさかい。けど――。

真知――けど何？

ヨーコ――ヤスコさんは増岡組に戻ってるんやない思います。教会に行ってはる思います。

真知――教会？　どういうこと？

ヨーコ――クリスチャンやからです。教会がヤスコさん、かくもうてくれてる思います！

真知――（上のドアが開いた気配を感じて）笑って。私たちは楽しい話をしていたわ（水野を見て）ごめんなさい水野さん、今勝手にコーヒーを。

水野だけが降りてきた。

真知――ん？　タカヒロは？

水野――今、

ヨーコ、下へ向かう。

真知――ヨーコさん！　どこに行くの⁉（行ってしまったヨーコを）かわいい子だわ……まだ恥じらいってものがある……私とちがって、フフフ……。
水野――……。
真知――さてと、お寿司！　の前にコーヒーがわいたわ……え？　おこってらっしゃる？　勝手にコーヒー、アレしたことを……。
水野――まさか。
真知――だって、ブー、みたいな……。

水野、その表現を笑うようにして、自らコーヒーを入れようとする。

真知――私が入れますよ……（入れながら）タカヒロとは何の話を？
水野――いやあ、まあ……。
真知――結局、あの人は、何も言いのこさずに死んでしまったわ……ああ、いい香り……え？その組合の集まりってのは？　あさってでしたっけ？
水野――（ため息をつき）どうにも、よくない状況で……入ってくるのはガセネタばかり……あ、どうも。
真知――タカヒロに、そこらへんを何とかって話ね……。
水野――（ためらうなずいて）……。
真知――（笑って）私、はじめて聞いた。
水野――何を？

真知——さっきの、噴水の話。

水野——ああ……。

真知——青春？　水野さんの。

水野——……。

真知——なつかしいでしょうね、あの人だって若かったろうし……。

水野——そう……九龍《クーロン》の路地……夜のビクトリア湾……セントラルの坂道……。

真知が音楽をかける。

『コーヒールンバ』である。

真知——フフフ、アラブも香港も、私にとっては同じこと！

真知、踊りながら、水野を誘う。

真知——水野さん、来《らい》、来《らい》。

やがて水野も真知に合わせて踊り出す。しだいに踊りに対して真剣になってゆく二人。

そして、ふと水野は、音楽を止める。

真知——え？

水野——……。

真知——思い出してた？　香港に残してきた奥様のこと……。

水野に近づこうとした真知、上からの階段を見て、

真知——あら……。

タカヒロが降りてくる。

真知――つながろうと思うのよ、水野さんと……身も心も……（少し笑って）今のは心の声、フフフ。

タカヒロ――……。

真知――え、何？

タカヒロ――下の、オカムラって男、増岡組の……あの男を運転手にしてみちゃどうかって。

真知――どういうこと？

タカヒロ――水野さんの言うことだから……。

真知――（水野に）え？

ここにツヨシがあらわれる。

水野――江崎組との接触の具合を知りたいんですよ。あの男に増岡組の人間として江崎組のまわりをウロついてもらうんです。

真知――それがなぜタカヒロの運転手に？

水野――監督する人間が必要でしょう、あの男を。

真知――江崎組の誰かに探り入れればいいじゃない！

水野――その江崎組が、今日、おやじさんの葬式にも来なかったんですよ！

真知――……。

水野――増岡は江崎組のヤクのルート広げる便宜をはかってる……サツ丸めこむコネちらつかせて……（ツヨシに）え？　何スか？

ツヨシ――いや、どうせだったら、こっちでみんなで寿司つまもうやって話になって……。
水野――え、こっちで？
ツヨシ――ええ……あれ？　おう、来た、来た。

藤井、佐々木、森本が、寿司桶に入った寿司を運んでくる。

ツヨシ――ここらへんに並べて、ん？　ヨーコは？
真知――さっき出てったわ。
ツヨシ――どこに？
真知――（さあとばかりに首振って）……。

ツヨシ、窓の外を見る。

ツヨシ――どこ行ったんだ？　佐々木、ちょっとそこらへん、見てこい。
佐々木――ハイ！

佐々木、降りてゆく。
入れかわるように、リンがくる。

リン――（佐々木は）どこ行ったの？
ツヨシ――さがしに。
リン――誰を？
ツヨシ――ヨーコだよ！
リン――……叫んでるし……。

水野――（森本の上着を見て）おまえ、なんかついてるぞ。
森本――え？
水野――糸くずか……。（とる）
森本――あ、ありがとうございます。
水野――いや、雪ならとけてるはずだと思ってさ……黒に白だから……。
森本――（藤井に）おい兄弟、醤油こっちにも。
藤井――あいよ！（醤油まわす）
水野――うん……。
ツヨシ――（藤井に）おい。（タバコを所望）
藤井――あ、ハイ。（タバコを渡し、火をつけようとする）
ツヨシ――ちょっと待て、それやりながら、火つけてみ。面白いから。
藤井――え、こ、こうですか？（と小皿に醤油入れながら火をつける）
ツヨシ――……なんかちょっとちがうな……腰がきまってねぇんじゃねぇか？
藤井――あ、こんな感じ……。（と腰をおとす）
ツヨシ――いい、いい、仕事に戻れ。
藤井――いっぺんにふたつのことが出来ねぇタイプなんスかね。
ツヨシ――オレは、仕事に戻れって言ったぞ。
藤井――うぃっす！

森本――（タカヒロに）兄貴、どうぞ、すわって下さい。

タカヒロ――ああ……。

森本――姉さんも。

真知――……。（すわる）

森本はお茶を入れるためにやかんに水を入れ、それをコンロにかけたり……。

リン――……そういえば、前にもみんなでここでお寿司を食べたわ……。

水野――そうでしたね。

リン――あれは、何の時？

ツヨシ――タカヒロ兄さんが、増岡ンとことナシつけてきてくれて、確か〝ニューワールド〟で、でしたよね。

タカヒロ――……。

ツヨシ――おやじが――。

リン――そう、そう、

ツヨシ――まだ途中だろ。

リン――寿司だ、寿司だって話でしょ？

ツヨシ――ま、そのあとが結局問題だったわけだけど、あの時はな……だから三年前だよ……三年前の春……庭のそこに桜が咲きはじめてた……。

今、窓の外は雪……。

ツヨシ――（神妙に立ちあがり）水野さん、タカヒロ兄さん、姉さん、藤井、森本、おやじのために、いろいろありがとう！　おかげさまで、無事、埋葬までこぎつけることが出来ました！　おやじも笑顔で旅立ったことと思います！

リン――食べましょうよ。

ツヨシ――そうだな。おい、森本も。

森本――今、お茶を――。

ツヨシ――あ、お茶か、お茶な……。

リン――（藤井にコーヒーカップ二ツを）これ、さげてよ。

藤井――（水野に）これ、さげていいスか？

水野――ああ。

藤井、さげようとすると、

真知――これ、私の――。（とカップをつかんで）

藤井――あ――。

真知――（残りを飲む）

待っていた藤井にカップを渡す真知。

藤井――（森本に）食べようぜ。

ツヨシ――さ、どうぞ、どうぞ。

リンが、水野が、ツヨシが、藤井が、つまみ出す。

水野――タカヒロ、食え、姉さんも。

真知とタカヒロが手を出さないので、

ゆっくり寿司に手をのばすタカヒロ。

そして真知。

リン――（藤井に）あんた、イカ、好きなの？

藤井――ハ、白いんで……やっぱ一発目は。

リン――意味わかんない。

さして場はなごまず。

ツヨシ――あ、佐々木の分、残しといた方がいいな……。

真知――ヨーコさんの分もね。

水野――下のオカムラってヤローにも……どうせカッパが残るだろ、いつも残り物で悪いからっつって、残り物もってってやれ。

藤井――ハイ。

いくらか笑いが。

森本――お茶です。

それぞれの前にお茶を置いてゆく森本。

水野――お茶ですって……（少し笑い）言わなくたってわかるよ……。

リン――まあ、そうね……。

水野――わざわざ言ったってことは、他に何か言いたいことがあったんでしょ……（いきなりテーブルたたいて）あったんだろ！　何か言いたいことが！「お茶です」って言いながら！
森本――……。
水野――大人になったな、そうやって、じっとオレを見るとこなんざ……。
森本――わかんないスよ、「お茶です」って言っただけなのに。
水野――……そうか……。じゃあ、なぜ食わない、この寿司を。
森本――今、お茶を入れてたから。
水野――……。
森本――それこそ同時にふたつのことなんて出来ませんよ、（水野以外の人間に聞くように）おかしいですか？　オレ、お茶出すんで「お茶です」って言っただけですよ。言いますよオレ、お茶出す時は「お茶です」おつり渡す時は「おつりです」、シャッター押してくれって言われりゃ「チーズ」――。
タカヒロ――やめねぇか！
森本――……兄貴……。
タカヒロ――（水野に）大丈夫、今、寿司食いますから。
水野――……。
森本――あ、でも、洗い物ありますわ、そのコーヒーカップ――。
タカヒロ――（怒って）あとでいいだろ、そんなもの！

森本――……。

タカヒロ――すわれ、ここに。

森本に近づいて、平手でぶつ。

タカヒロ――すわれっつってんだろ！

唇をかみしめながら椅子にすわる森本。

タカヒロ――食え。

森本――（ゆっくり手をのばす）

タカヒロ――ウニだぞ、それ、

森本――（食べる）

タカヒロ――ま、いいや……。

藤井――じゃあオレ、赤貝いきます。

皆、それぞれに食べている。

ツヨシ――姉さん、なんかありませんか……そのォ、おやじの思い出話っちゅうか……ま、こういう日ですし……。

真知――そうね……。

と言ったきり、次を言わないので、

ツヨシ――（笑って）え？

真知――そんなことより、今私が気になってんのは、水野さんがなぜ森本に、あんな言い方をしツヨシ――たのかってことよ。
真知――……。
水野――私には森本の言うことの方がわかる、お茶を出したから「お茶です」って言った！　お茶を出してるから、同時にお寿司を食べることはむずかしかった！
真知――……。
ツヨシ――（場の空気を感じて）え？　あの人との思い出？　私、思い出をなつかしむような女じゃないのよ、あったとしても人に言うようなもんじゃないだろうし、そんなもの。
藤井――（藤井に）食えよ。
ツヨシ――あ、ハイ。
真知――姉さん、オレは姉さんがどんな女かなんてこと聞きたいわけじゃないんスよ、おやじが死んだ！　だから、おやじがどんな奴だったか、オレたちの知らないおやじがいるんじゃないか、ずっと身近にいた姉さんなら、そういう……オレたちの知らないおやじのことを、いろいろ知ってるんじゃないか！　そう思って！　そう思って、今、ここで、しゃべってもらうことは出来ないかって！　そういうことを言ってるんスよ！
水野――そういうことなら、水野さんの方がくわしいんじゃない？　それこそずっと身近にいらっしゃったわけだし……。
――だから、それを、オレの立場からじゃなく！　あなたの立場から、女であるあなたの立場から聞きたいって！　この組長はおっしゃってるわけでしょう⁉

一同、シーン。

真知――……組長……？

水野――……。

真知――……誰が？

リン――あれでしょ？　今日、江崎組の組長が来てくれれば――。

ツヨシ――（リンをとどめて）そう、だから、今日、江崎さんが来てくれれば、そこで、何ちゅうか、お披露目って形をとりたかったんですが……。

水野――（誰にともなく）この雪のせいばかりでもなかったってことでしょう……江崎さんが来なかったのは……。

いきなり、森本が吐く。

藤井――兄弟！　大丈夫か⁉

悲鳴をあげる真知。

タカヒロ――……。

水野――タカヒロ、増岡組のバックに江崎組がついちゃマズいってことはわかってるな。

タカヒロ――ハイ……。

ツヨシ――兄さん、よろしくお願いします。

タカヒロ――……。

水野――この志波崎組の存亡にかかわることだ。

真知――（水野につかみかかって）この鬼！

水野――（抱きとめて）落ち着いて、（藤井に）おい、

藤井、真知を水野からひきはがす。

森本――（口をぬぐって）……なんでこんなことになってんだ……ガキの頃みたおやじとおふくろのケンカと同じじゃねぇか……てめぇのことは棚に上げて……ま、そうか、ファミリーだからな……三年前、兄貴が増岡組の舎弟頭を刺して自首して出た時、組長との間に、跡目のことは、兄貴に継いでもらうってことで話がついてたんじゃないんですか、それが今、なんで、こういうことになってんですか！

水野――そりゃおめえ、組長の病気だなんだ、いろいろあったからだよ。

森本――それ、それ、その言い方がわかんねぇんスよ、病気だなんだ、そりゃどんないろいろですか？

水野――（苦笑い）

森本――オレ、わかりたいスよ、わかりたいと思うから、いろいろ考えるんスよ！　今だってそう、なんで水野さんは今「病気だなんだ、いろいろあったからだよ」って、そんな言い方したんだろうって！　なんか隠さなきゃなんないから、なんか守らなきゃなんないから、だからホントのことは言わない方がいいんだろうな、そこまで！　オレにわかるのはそこまで！　だって、ガッカリするのがわかってるから！　それ以上のことを知ったって、ガッカリするのはわかってるから！　だからオレのやることはね――。

銃の入ってる引き出しをあけようとするので、タカヒロがそれをとめる。

タカヒロ――何を、おまえは……。

森本――大丈夫スよ、兄貴……ちょっと構えてみせて、こういうこともあるなァって、そう言いたかっただけです……（他の者を見て）みんな、びっくりしてるのは、わかってますから……（タカヒロを見て）あ、兄貴もびっくりしてんスね、フフフ……。

タカヒロ――……。

森本――ああ、おやじとおふくろのことまで、しゃべっちまったよ……。

タカヒロ――（少し笑う）

森本――（ので）え？　何？　何を笑ってんスか？

タカヒロ――しゃべっちまったな……。

森本――なんだ、そのことですか……。

雪をかぶった佐々木があがってくる。

佐々木――（皆に見られて）あ、マンションの方に送りとどけてきました……ヨーコさん。

ツヨシ――うん……。

リンが佐々木の雪を払ってあげる。

佐々木――あ、すいません。

リン――お寿司、あるわよ。

佐々木――ホントだ。え？　皆さんは？

水野――うん、食べてるとこだ……。
佐々木――あ……。
ツヨシ――食べなよ。
とは言われても、誰も席についてないし……という感じの佐々木。
水野――あ、じゃあ、あらためて――。みんなには今伝えたとこだけど、今日から、この志波崎組の二代目を継ぐことになった志波崎ツヨシ組長だ。
佐々木――あ……以後、よろしくお願いします！
ツヨシ――お披露目は後日ってことになるから。
佐々木――ハイ。
水野――食え。
わけもわからず席について、寿司を食べはじめる佐々木。
佐々木――（小声で藤井に）え？　食ったの？
藤井――ハイ、さっきチラっと。
佐々木――あ、うまい！
水野、リン、ツヨシも席につく。
水野はシステム手帳を出し、ツヨシにスケジュールの確認をしているようだ。真知が、ティッシュを二、三枚とって、鼻をかむ。
藤井――（そのティッシュを捨ててあげようと手をのばす）

真知――いいわよ。（自らゴミ箱に）
ツヨシ――（藤井に）おい。
藤井、タバコを渡し、火をつけてあげる。
ツヨシ――おまえも……。（と鼻で笑う）
藤井――ハイ?
ツヨシ――ティッシュぐらい自分で捨てられんだろ。
藤井――あ、ハイ。
タカヒロが水野とツヨシの方に近づき、
タカヒロ――あさっての、集会、河田のおやじさん中心に、事前に話まとめておきましょうか。
水野――ああ、そうな……。
タカヒロ――集会の方は、のらりくらりとかわしときますんで……。
水野――うん。
真知が窓を開ける。
水野、ツヨシ、リンがそれを見る。
リン――……寒いんだけど……。
佐々木――あ、そうだ!
佐々木、森本の方に近づいて、
佐々木――フフ……ボタンあったよ。

森本――え？

佐々木――庭の桜の木の幹にささってた……。ん、（とボタンを見せて）

席に戻る佐々木。

リン――何よ、ボタンて。

佐々木――あ、いや……。

しのび笑う森本。

タカヒロ――閉めなよ。

真知――やよ！

森本の笑い、高じて、

森本――どういうんだよ、幹にささってたって！

暗転――。

第四幕

二日後の夕刻である。
雪はやんでいる。
緊張した面持ちで椅子にすわっているオカムラ、そのオカムラに話しているのは水野。後方で行ったり来たりしているツヨシ。

水野――よくおぼえてるよ、あんたそこらへんで体ふるわせながら立ってた……あれ、名前、何て言うんだっけ？

オカムラ――オカムラです。

水野――オカムラ、オカムラ……オカムラさんは、いきなり銃をわたされて、これで入ってくる奴を殺《や》れって言われて「え、そんなこと言われても」って顔してた……。

オカムラ――（うつむいて鼻の下を手でこする）

水野――（ので）何？　鼻の下がかゆいの？

オカムラ――いや……まぁ、クセっちゅうか……。

水野――クセかァ……手ってさあ、いろんなこと表現するよね、そう思わねぇ？

ツヨシ――そう、そう、（手をヒラリと動かして）こういうことでもね。

水野――拒否、って感じでしょ？

ツヨシ――若干……。

水野――今のこれ（オカムラの仕草を真似て）さ、オカムラさん、クセって言うけどさ、オレには、ちょっとした反骨精神みたいなものを感じたんだけど、ちがうのかな。

オカムラ——……。

水野——他人にどうこう言われるスジ合いはない、みたいなさ……。

ツヨシ——ああ、なんかわかるナァ……。

水野——ねぇ。

ツヨシ——たぶん元々、そういうとこあるんじゃねぇかな。

水野——反骨精神?

ツヨシ——そう、そう。

水野——それ、ツラがまえ、関係あるっしょ?

ツヨシ——ありますねぇ。

水野——(オカムラみて)いいツラがまえしてんだよ……。

オカムラ——(照れたように頭かいて)反骨ってゆうか、反抗はしてましたけどね、ガキの頃から。

水野——ホラ!

オカムラ——親とか、先公とか、ムカつくやつ多かったんで……。

水野——それ、自分に責任あると思う? 今振り返ってみてさ。

オカムラ——責任……。

ツヨシ——ないよ、あんたに責任はないよ、結局、わかんなかっただけだろ、あんたとこの世の中の関係っちゅうかさ……その先公とか……だから自分の狭っちい了見でさ、あんたをカラにとじこめようとしただけさ。

水野――ま、うちらも別の意味で閉じこめちゃったけどさ……これに関しちゃ、オカムラさん的には、腹ン中、おさめどこ、あんだろ？

オカムラ――……。

水野――あれ？

オカムラ――ああ、ハイ。

水野――おう、びっくりした……。

ツヨシ――今、チラと反骨、かいまみえましたね。

オカムラ――（鼻の下を手でこする）

水野――（それを）おう！

ツヨシ――（手をたたいて喜ぶ）

オカムラ――え？

水野――気づいてない？　あんた今、これやったんだよ！

オカムラ――あのう……。

水野――ん？　何？

オカムラ――もし、（二人を手のひらで示しながら）兄さんたちが、オレのこと……そういう風に見てくれるんだったらオレ……盃うけてもいいッス。

顔を見合わせる水野とツヨシ。

オカムラ――だって、オレ、何なんスか、三ヶ月も！　死んでしまったことになってんですか！　うちの組じゃあ！　て言うか、あの増岡組じゃあ！　オレ、心待ちにしてましたよ、いつオレを取り返しに来てくれるか！　オレ、何のために……（苦悩）「心意気、見せてこい！」って言われましたよ、あの日！「見せてきます！」って出てきましたよ！　いくらバカなオレでも、考えますよ、考えましたよ！　この三ヶ月！　オレ、おとなしかったっしょ？　ずっと！　考えてたんすよ！　ずっと考えてたんスよ！　死ぬまでこんなこと考えつづけんのかって、頭キリキリなりながら、考えてたんスよ！

水野――わかるよ……よおく、わかる……頭キリキリはキツいよ……。

オカムラ――って言うか、苦しいッスよ。

水野――そう、苦しい……おまえ、寒くねぇか？　ホラ、これ、着てろ。

水野、自分の上着をオカムラに着せてあげる。

オカムラ――……いいにおいしますね……。

水野――オカムラ、ちょっと、こっち来い。

水野、布の奥にオカムラを連れてゆく。

ツヨシは、或るCDを取り出し、それをボリューム高く、かける。

ツヨシ――（音楽を聞いてるような）……。

スコッチを三ツのグラスに入れ、布の奥に行く。

そして、一ツだけ持って出てくる。

引き出しをあけ、銃をひとつ取り出し、タマの装填具合をみる。

ツヨシ――……。

布の陰から水野とオカムラが出てくる。

ツヨシが銃を水野に渡す。

水野は、その銃を、そこらにあった茶色の紙袋に入れ、

水野――ホラ、これ、ポケットに入れとけ。

オカムラ――（水野の上着に入れようとする）

水野――（ので）おい、おい、それじゃあ、オレに戻ってしまう可能性あるから。

オカムラ――あ……。（自分のポケットに入れる）

ツヨシ、電話をかける。

ツヨシ――あ、オレだ……あのな、オレの背中に蛇《じゃ》の入ったジャンパーあったろ？　うんそう、そう……あれ持ってきてくれ、どこって、こっちの二階にいるよ……（切る）今、上着くるから。

オカムラ――ハ。

ツヨシ――なんかさぁ、ずっと前から知り合いだったような気がするな……おまえ、ホントはオレと同じ小学校じゃねぇか？

オカムラ――オレ、朝鮮学校だったんで……。

ツヨシ――え、あ、そうなの……水野さん、若い頃、香港にいたんだよ、あれ？　香港と朝鮮てちがう？

オカムラ――ちがいますよ。
ツヨシ――(笑って) おまえ、ちゃんと勉強してんじゃねぇの? あ?
オカムラ――してるわけないっスよ。
ツヨシ――嘘、嘘、香港と朝鮮て、どっちも漢字二文字だぞ、そのちがいがわかるっつったらおまえ……(内緒話でもするように、オカムラをこづいて) 見てみ、香港の話すると、あんななるの。
オカムラ――(水野を見て) え、あんなって……。
ツヨシ――あ、そっちは苦手なんだ……心にこう深いもんがさ……。
水野――かんべんして下さいよ。
ツヨシ――(オカムラに) わかる?
オカムラ――え、何がスか?
ツヨシ――かんべんして欲しい気持ちがだよ。
オカムラ――……。
ツヨシ――いいや、今度、肉食いに行こう、な。
オカムラ――ハイ!

リンがジャンパー持ってくる。

リン――これ。

ツヨシ、受け取って、オカムラに着せる。

水野――(自分の上着を受け取りながら) ああ、ぴったりじゃねぇか……。

ツヨシ――ホラ、こっちのポケットに入るから。（と銃をジャンパーのポケットに）

オカムラ――（銃を見て、うっとりと）……わあ、これＭＫ５じゃないスか……。

オカムラは、ポケットに入れられた銃を自ら出し、紙袋から取り出して、満足気に銃を構えてみるオカムラ。

リン――集会って何時からなの？　そのカナメ町の。

ツヨシ――……。

リン――何時からよ！

ツヨシ――じきはじまるよ。

リン――タカヒロ兄さんは？

ツヨシ――そば食ってる。

リン、うろうろしている。

ツヨシ――（ので）何だよ。

リン――（オカムラに）あんた、運転出来んの？

ツヨシ――何を言ってんだ、今ごろ。

オカムラ――あそこらへんの道、くわしいんで。

リン――（下にいこうとして）あ、マサハルが晩ごはん、パパと食べたいって言ってるから。

と言って降りてゆく。

ツヨシ、携帯を出して、電話する。

水野――すわってろよ、それ、しまって。
オカムラ――あ。(すわる)
ツヨシ――(切って)……どうなってんだ……!
水野――え?
ツヨシ――いえ、ヨーコが……ちょっとマンションの方に顔出してみます。

ツヨシ、出てゆく。

水野、ティッシュ、二、三枚ぬきとって鼻をかむ。

水野――なんか、動悸がしてきたな。
オカムラ――あ、オレも少し。
水野――いや、オラ、さっきの酒のせいなんだよ……。

上の階のドアが開いて森本が、ゆっくり降りてくる。

水野――(動揺を隠して)おまえ、そば食いに行ってたんじゃないのか?

森本は何も言わず、さも退屈そうに、水道の水を一口のんだり……。

森本――(そしてやっと)あんまり腹へってなかったんで……。
水野――(苦笑いして)オレたちゃ、宇宙船にのってるのか?
オカムラ――(考えて)え……今のは?
水野――説明さすな、オレの頭ン中でおこった思考のさざ波だ。
オカムラ――ハハ……ハハ……。

森本――何だよ、その、上にひっかけてんのは。
オカムラ――着てるって言ってくんねぇか、こらジャンパーなんだよ。
森本――オカムラ。
オカムラ――あ？
森本――オカムラでいいか？　名前の方は？
オカムラ――何だよ。
森本――オカムラでいいかって聞いてんだよ。
オカムラ――いいさ、だから何だよ。
森本――うん……。
オカムラ――ちょっと待てよ、オラ、だから何だって聞いてんだよ。
森本――そうな……こういう言い方でいいか？　オラ、おまえに「だから何だよ」って言って欲しかった、でおまえが望みどおりそう言ってくれた今、オラ、えらくしあわせな気分だって……。
オカムラ――森本。
森本――え？
オカムラ――……。
森本――(少し笑って) おまえまさか、オレに「だから何だよ」って言って欲しいんじゃねぇだろうな。

ジャンパーを脱いで森本に近づくオカムラ。

何をしようとしてるか察した森本、すかさずオカムラの鼻頭にパンチ。

オカムラ――痛……鼻血だ、鼻血が出た！（水野に）鼻血が出ましたよ！

椅子に座っていた水野、まるでそのまま死んでいたかのように、コトンと椅子から落ちる。

オカムラ――え⁉

森本――……⁉

オカムラ――大丈夫スか⁉

水野――あれ、今オレ……（起きあがりながら）うう……ダメだ、酒が……水くれ。

コップに水を入れて、水野に渡すオカムラ。

水野――おまえ、鼻血が出てるぞ。

オカムラ――（照れたように）いや、ちょっと……（水野を示して森本に）酒、ダメなんだ。

森本――……。

水野――ちょっと上で横になるわ……（頭を押さえ）うう……。

オカムラ、水野を支えながら階段をのぼってゆく。

水野――（森本に）あ、藤井が帰ったら、オレの部屋に顔出すように言ってくれ。

森本――藤井ですか。

水野――うん。

森本――ハイ。

ひとりになった森本、オカムラの脱いだジャンパーを見て、それをつまみあげる、ポケットに

森本――……。

何か入っているのを感じ、出してみる。MK5が紙袋に入っているのを見て、上を感じ、すべてを元どおりにする。

オカムラが降りてくる。

森本――……。

オカムラ――とれたか？

森本――え？

オカムラ――鼻血はとれたかって聞いてんだよ。

森本――おめぇ、色白いな。

オカムラ――かみ合わねぇ奴だな……おっと。（ジャンパーに気づき、それを着る）

森本――……。

オカムラ――意外にさ、おめぇみてぇな奴とがマブダチになれんだよな……兄弟、痛かったぜ……。

森本――おまえ、車運転していくのか？

オカムラ――え？

森本――タカヒロの兄貴、カナメ町の集会に。

オカムラ――ん、ああ……。

森本――言われたんだろ、水野さんに。

オカムラ――だから、行くよ……しゃああんめぇ……。

森本、ティッシュを二、三枚ぬきとり、オカムラに差し出して、

森本――ホレ、鼻血。

オカムラ――(ちょっと感動して) とれてねぇんだな……嬉しいぜ兄弟。(鼻血をとる)

森本――フーッ! (と椅子にすわる)

オカムラ――(森本に見られて) ……え?

森本――フフフ……。

オカムラ――(嬉しそうに笑って) ……え?

森本――おめぇ、色白いよ、肌もツヤツヤしてるし……いくつなの?

オカムラ――年かい?

森本――あん。

オカムラ――二四。

森本――わっけぇな……。

オカムラ――それなりの苦労はしてんだぜ。

森本――うん、わかるよ……。

オカムラ――ホンマかいな。

森本――ホンマ、ホンマ……。

オカムラ――そういえば、ガキの頃、ホンマっていけすかねぇヤローがいてさ、いつもハイソックスはいてんだよ、で、休み時間になると黒板のそばでメスども相手にジョークとばしてん

だよ。

森本――ちょっと待てよ、そのホンマのこた、あんまり知りたくねぇな。

オカムラ――そか、今、どんなジョークとばしてたか言おうと思ってたんだけど、そりゃいいか……フフ……ホンマっつったけどホントの名前は李って名前で……ホンマは李、なんつってな……。ひとつ聞いていいか？

森本――何？

オカムラ――さっき、宇宙船に乗ってるのどうのって言ってたろ、あの人。ありゃ、どういう意味だったの？　いや、こっちの組に、そういうジョークがあるのかと思ってさ……他にゃわかんねぇ……。

森本、ツイと立ってソファの方へ。

オカムラ――あれ、オレ、なんか気にさわるようなこと言ったか？　いや、心配になるっちゅうか、急に目の前からいなくなられると……。

森本――こういうこと考えたことねぇか？　例えば、その、さっきのあんたみたいにさ、鼻血が出たって大騒ぎしてる奴がいてさ……（考えて）ちょっと待てよ……子供がいいな、子供が鼻血出したって大騒ぎしてる親がいてさ、その親は、実は、軍隊みたいなとこでさ、それこそ部下に、人殺しとかの命令下してるわけだよ……大量虐殺の指揮官みたいな奴ってことだな……でも、家に帰ってさ、子供がなんか知らねぇ、痴話ゲンカでもしたか、鼻血出すんだよ……てぇとさ、親は、その指揮官は、血相変えておこるわけだよ、鼻血出させた奴のことを！　おかしくねぇか、これ、だって、外ではてめぇの命令で血いっぱい流しといて、家で子供の鼻血みて、卒倒しそうになってんだぜ？

オカムラ――ああ……。

森本――どう考えりゃいいんだよ、悪人か、これ、ただの？

オカムラ――フフ……。

森本――何笑ってんの？

オカムラ――いや、どうこたえりゃいいかわかんねんだよ……。

森本――そういう時、笑うんだ……。

オカムラ――いや、いつも笑うわけじゃねぇよ……そういう時……。

森本――じゃあ今はなんで？

オカムラ――(頬っぺたに手をあてる)……。

森本――おまえ、手も白いよ、裸になりゃ、腹も背中も白いんだろうな。

オカムラ――(照れたように)オラ、そういう趣味はねぇよ……。

森本――(驚いたように)おまえ……かみ合わねぇってのは、こっちのセリフだろ！

ここに、藤井があがってくる。

オカムラ――うっす！

藤井――あれ？　そのジャンパー。

オカムラ――あ、これ、組長の……たぶん、オレが寒そうだったんで……。

藤井――ふーん……。
森本――兄貴は？
藤井――あれ？（下を見て）あ……。
タカヒロがあがってくる。
森本――うっす！
タカヒロ――うん……。
藤井――さみぃや、外は。（と言って、ジャンプなどして体をあっためようと）
オカムラ――（そのジャンプが）すげぇな……。
森本――あ、水野さんが、ちょっと部屋の方にって……。
藤井――オレか？
森本――ああ。
藤井――何だろう……。
藤井、上に行く。
オカムラ――（タカヒロに）そば食ってらっしゃったんスか。
タカヒロ――うん……。
オカムラ、三ヶ月前に自分が銃もたされて殺しを命じられた場所に立ったので、
オカムラ――……なつかしいな、ここ。（タカヒロを見て、森本を見る）
タカヒロ――……。

森本——……。

オカムラ——あのヤロー、ホラ、あんたがオレのかわりに始末してくれた……幸田ってゆうオレとタメ年の奴でね……フフ……倒れる時、オレの顔を見やがった……（タカヒロに）そば、おいしいスか？　長寿庵でしょ？

タカヒロ——ああ……。

オカムラ——オレもちょっくら、そばかっこんできます、出発の時間にゃ戻ってきますから、（ポケットから小銭を出し、数えて）八九三円……。かけそば、いけますよね、んじゃチラっと……。

オカムラ、降りてゆく。

森本——兄貴——。

タカヒロ——（同時に）森本——。

森本——……え、何スか？

タカヒロ、酒ビンの方に行き、グラスに酒を注ぎ、あおる。

タカヒロ——年の瀬になると、何だか知らねぇ、てめぇのことホメたくなるな……よくぞこの一年、のりきってくれたって、そういうアレなんだろうな……飲むか？

森本が何も言わないので、注いで、森本に差し出すタカヒロ。

森本——（受け取って）……。

タカヒロ——ムショの独房に、これくれぇの格子の小窓があってな、そこに時々、白い小鳥が来て、チュンチュン、なくんだ……生き物だから、話が通じるような気がしてきてな……「おめぇ、森本――……。どっから来た？」とか話しかけてるわけだよ……ところが、フフフフ……。
タカヒロ――出所してこのかた、その小鳥のことを思い出そうとしては、「あれ？」なんて思ってな……要するに、ホントにそんな小鳥がいたのか、わかんなくなってんだ……誰かに聞いただけの話じゃねぇのか、とか思って。
森本――フフ……。
タカヒロ――だから、アレだよ、過ぎてしまったことってのは、頭の中にしかねぇから、実際にあったことなのか、人から聞いただけなのか、たいしたちがいはねぇってことだよ……。
森本――だったら、これ（お守り）のことは、どうなります？　これを兄貴につけてもらった時のことは……人から聞いた話じゃねぇはずなんですが。
タカヒロ――……。
森本――オレ、決めてやってもいいスよ、その兄貴の小鳥の話。
タカヒロ――あ？
森本――いましたね、その小鳥。その小窓ンとこに来ちゃ、チュンチュンないてました。で兄貴は「どっから来た？」なんて話しかけてたわけですよ。
タカヒロ――（苦笑い）
森本――キャッツアイって茶店も、実際ありますしね、ミスギ通りに。
タカヒロ――……。

森本――だからヤスコって女も、いたし、いるし、いつづける、そうでしょ、兄貴。
タカヒロ――……。
森本――女ってのは、水をもらしますよ、男のためこんだ水を……そうやって、男があわてふためいて、自分の方を見てくれることだけが生甲斐ですからね、「で、私のことをどうしてくれるの?」そう言っちゃ、また男の困った顔みて喜ぶ始末ですわ。
タカヒロ――その困ったツラしてんのがオレって話か?
森本――……。
タカヒロ――森本、さっきの年の瀬の話な、つづきがあるんだよ、ま、自分をホメたあとの話だな……問題は晦日から年明けにかけてなんだが――。
森本――兄貴。(何か言おうとする)
タカヒロ――(のをとどめて)行くんだよ、オレは、カナメ町の集会に!
森本――……。
タカヒロ――あのオカムラってヤローの運転でな……。
森本――丸腰でですか。

上の階から藤井が降りてくる。
藤井は、かつてなく神妙な表情で、二人に見られながら階段を降り、フロアを歩く。
二人に、虚ろな笑いを投げかけるので、

森本――何だよ。

藤井──(オカムラがいないのを)あれ?……(自分で納得して)どっか行ってんのか……。(とほぼひとりごと)

そのまま、自分の部屋への階段をのぼる、ドアをあけて中に入るのを見とどけると森本は、その部屋へ向かう。

タカヒロ──(ひとりになって)……。

そして、水野の部屋に向かおうとする。下から、佐々木が、つづいて真知がくる。

佐々木──あ、おひとりでしたか……。

真知は、黙って、椅子にすわる。

佐々木──(真知に)何か飲み物は?

真知──いらない。

佐々木──あ……。

真知──今ね、キャッツアイって喫茶店にいたの……飲み物がいらない理由じゃないわよ……この佐々木に、いろいろ話を聞いてたのよ……ホラ、この子、あのヨーコさんから、ヤスコって女について、何やかや話されたみたいで……。

佐々木──ヨーコさん、昨日今日、なんか様子がおかしくて……。

タカヒロ──(佐々木を見る)

佐々木──(ので)ちょっと言ってることが……。

真知──苦しんだんでしょう……そりゃあそうよ……生まれてくる子供を誰に守ってもらえばいいのかわからないんだもの……(グラスの酒を)何、これ、あなたの?

タカヒロ――あ。（うなずく）
真知――（少し笑って）……。（戻す）
タカヒロ――さっきちょっと……。（とさげる）
真知――あなた、どこで会ってるの、ヤスコって女と。
タカヒロ――……。
真知――始末出来ないの？　自分を裏切った女を！　増岡の女になったのよ、あなたを裏切って！
タカヒロ――今、そんなことしたら、うちと増岡組の関係が――。
真知――そんなことじゃない！　未練があるだけよ、あの女に！　そうでしょう⁉
佐々木――ヨーコさんがその……ヤスコさんも兄さんのことが忘れられないんだとおっしゃってて……。
タカヒロ――言ってることがおかしい女の話じゃないのか？
真知――どこで会ってるの！
タカヒロ――会ってなんかいませんよ。
真知――私の目を見て言って。
タカヒロ――（真知を見て）……オレはね、この志波崎組のために生きてる人間ですよ……組のためにならねぇことをやるわけないじゃないスか。
真知――会ってないってことね、それは。

タカヒロ——……。

真知——もしあなたが、母親である私にすら嘘をつくようなら、私は生きてはゆけない、あなたが私に、嘘をつかず、困った時には私に手をのばしつづけるなら、私は、どこまでも、どんなことがあっても、あなたのその手をつかんで、離すことはない！

タカヒロ——……。

真知——おぼえてるでしょう？　ツヨシさんが二ツか三ツの頃、あなたがあの子のオモチャを取りあげて……火がついたように泣きだしたあの子に私は、「タカヒロにも遊ばせてあげてね」と言って、あの子をあやした。……奥様が、ツヨシさんのお母さんが、それを見ていた……いきなり、あなたの手からオモチャを取りあげて、あなたのことをぶとうとした……私はそこにあった果物ナイフをつかんでいた……かしこかったあなたは私のところに走りよって……目で、そのすみきった目で、私の浅はかさを諌めようとした……おぼえてるわね。

タカヒロ——……。

真知——こうしてあなたが私のことを救ってくれるのなら、私は死んでもあなたのことを守りぬく、そう心に誓い、あなたを抱きしめ、嬉しさに笑いがこぼれるまま、あの奥様を見返していた……。

佐々木、目頭をぬぐっている。

真知——ヤスコなんて女は、通りすぎるだけの女よ、そうでしょう？

ツヨシがあがってくる。
つづいて、オカムラも。

ツヨシ――佐々木。

佐々木――ハ、ハイ……。

ツヨシ――ちょっと来てくれ。

佐々木――ハ。

ツヨシ――(オカムラを) あれ? (見つけて) おう、おまえ、タカヒロ兄さん、ちゃんと送ってくれよ。

オカムラ――うす!

ツヨシ――びっくりしたよ、そば食ってるから。

オカムラ――ハハ……。

ツヨシにつづいて、佐々木も降りてゆく。

オカムラ――兄貴、そろそろ。

タカヒロ――ああ……。

オカムラ――オレ、先にエンジンふかしときますから。

オカムラ、降りてゆく。
上のドアが開いて、森本が出てくる。

タカヒロ――じゃあ、カナメ町、行ってきます。

真知――……。

タカヒロ――母さん……。

真知――え？

タカヒロ――いや、今、ボーっとしてらしたから。

真知――……。

タカヒロ――じゃあ、行ってきます。

真知――タカヒロ。

タカヒロ――ハイ？

真知――私のことが邪魔ではなかったと言ってちょうだい。

タカヒロ――邪魔？　冗談でしょう、そんなことあるわけないじゃないですか。

タカヒロ、降りてゆく。

真知――……。

降りてくる森本。

真知――(気づいて) ああ……。

車が出てゆく音。

森本、窓の方に行き、車を見送る。

真知――(少し笑って) ツヨシさん、さっきあわてて……。

森本――え？

真知――ヨーコさんのことでしょう。

森本——……。

真知——あの子は……もっと強くならなくっちゃ……クスリでもありゃいいんだけどね、飲むだけで強くなるクスリ……。（窓辺に来て）ああ、きれいな空……墨絵のようじゃない？

水野が降りてくる。

水野——きょうは、クリスマスのイブか？　上にいたら、ジングルベル、ジングルベルって……聞こえてきた。タオルぬらしてくれ。

森本——ハイ。

森本、タオルぬらしにいく。

水野——ん？　ちがう歌だったかな……（別のクリスマスソングを口ずさんでみて）……フフ、ま、いいか……。

森本——（タオル渡しながら）タカヒロ兄さん出かけられました。

水野——そう……（気づいたように）あ、そういうことか……カナメ町の集会、終わってから、ちょっとした宴をもよおしますとか書いてあった……なるほどな……。

藤井が上着を着て降りてくる。

藤井——（水野に）じゃあ、出かけてきます。

水野——ああ。

藤井、降りてゆく。

真知——どこに行ったの？

森本――カナメ町に。
水野――（森本を見る）
真知――カナメ町？
水野――（少しあせって）て言うか、伸銅所ですよ、河田伸銅所、機械の現物だけじゃ、保証が足りないってことで倒産したレムって会社と今もめてましてね……（タオルを森本に）おい。
森本、タオルを受け取って下へ向かう。
水野――どこ行くんだ？
森本――下に。
水野――何しに？
森本――道具箱置きっぱなしだってこと急に思い出したんで。
水野――……気ィ狂ったのかと思ったよ、タオル持って下に行こうとするから。
森本――フフ、冗談でしょう。
森本、下へ行く。
水野――あ・あ・あ……（と声を出して）……なんか、ノドが……。
電話が鳴る。
真知が行こうとするのを、
水野――出ましょう。（とって）あ、リンさん……ハイ、水野です……いや、こちらには……（切れた）組長、顔出しました？

真知　――……。
水野　――マサハルくんが一緒に夕食をとかで……。
　たまたま近くにいることになった二人。
　水野が軽く、真知に触れようとする。
　真知、それを避ける。
水野　――どうしたんですか？
真知　――水野さん、あなたまさか……タカヒロをどうするつもりですか⁉
　水野、真知を抱きしめようとする。
　真知、さらにそれを避けて、
真知　――え⁉
水野　――……。
真知　――なぜ抱きしめようとするの⁉　今！
　真知は自分の携帯を出し、電話すると、ソファの上で携帯が鳴る。
真知　――！（それを見つけ、つかんで）……タカヒロ……。
　道具箱を持ってあがってきた森本。
真知　――（森本に）あなたは知っているの？　水野さんがタカヒロを……。
森本　――……。
真知　――なぜあんな男を運転手につけたのか！　藤井は何をしにカナメ町に行ったのか！

森本――ええ。

真知――言って！　全部言って！

森本――全部も何も……タカヒロ兄さんは、集会には行かない、行くのは藤井だってことでしょう。

森本は道具箱を自分の部屋に置きに行く。

真知――(水野を見る) いつから……あなた、葬儀から帰った時、タカヒロにカナメ町の集会に行くように言ったわ。

真知、銃の入ってる引き出しに、銃をつかむ、それを構えようとするのを抱いて止める水野。

水野――いつから？　あなたを好きになった時からでしょう。

真知――嘘。あなたは私を好きになったことなど一度もない。

水野――よく考えてみるといい、あなたこそ私のことを一瞬たりとも好きにはならなかった。

真知――(離れて) ……。

水野――わかりますね、あなたは愚かであったためしなどない……。

真知――(首を振って) わからない……。

水野――だから息子が愚かであることも許さない……タカヒロを死に追いやるのは、オカムラでも私でもない、あなたですよ。

銃を構える真知、その手をつかむ水野、真知の手から銃が落ちる。

水野――愚かな私が、精一杯頑張って、自分の愚かさをあなたに見せまいとした、そのことはわかりますよね。

真知――タカヒロ……。
水野――そう、すべては組のためですよ。
真知――タカヒロ……！
　　森本が降りてきている。
　　真知、下へ降りてゆく。
水野――……。
　　森本は流しのところへ行き、タオルを水で洗い、元どおりにする。
　　水野が落ちている銃を拾い、それを引き出しにいれようとした時、
森本――コーヒー、入れますか？
水野――いや……。
森本――フフ……。
水野――え？（銃を引き出しの上に置く）
森本――めずらしいことがあるもんだと思って。
　　水野はソファのところにいき、座る。
森本――え、ホントにいいんですか？
水野――……。
森本――（部屋を見て）ああ、こら、掃除した方がいいな……。
水野――……。

森本――さっき、ここに、ジャンパーが、オカムラのジャンパーがあったんで、チラっとポケットの中にあるもん、見てしまって。

水野――……！

森本――こりゃタマ抜いといた方がいいだろうなと思って、タマをね……。

水野――あ？

森本――抜こうと思ったんスけど、抜かなかったんスよ。

水野――……。

森本――一瞬あせりました？　でその、抜こうと思ったのに抜かなかったってのがね、なんか、オレの成長かなとか思って……だって抜くってことは、組の意に反するってことでしょ？　水野さんにさからうってことじゃないスか、そりゃ出来ねぇなって、この森本は思ったわけですよ、そのかわり兄貴には、タカヒロ兄さんには、言いましたよ「丸腰でいかねぇ方がいいスよ」って……でもね、兄貴は「おう、そうか」って言ってくれるかと思ったのに、黙ってんですよ、オレの言葉、届いてねぇのかと思って……その兄貴からもらった言葉が「おまえにゃ合わねぇよ」ですからね、この世界、まったく、どうなってんのか……（また部屋の中を見て）ああ、こりゃ、掃除しねぇといけねぇな……これ……これ……これ……（とホコリを確かめるように動いて）掃除しねぇとダメっすよ、ここ!!

水野――……。

森本――（引き出しの上の銃を見て）あれ……こんなとこにあっていいんだっけ……（手に持って）タマ

水野――は？（確かめて）……抜いてない……二発残ってらぁ……水野さん、足うっていいスか、いやオレの足じゃないスよ、水野さんの。

森本――（少し笑う）

水野――笑われたくねぇな。

森本――うってみろよ。

水野――……。

森本――うってみろって言ってんだよ。

水野――そうですか。

森本、水野の足をうつ。

水野――！

水野のズボンに血がにじむ。

森本――理由《わけ》をね、時々考えるんスよ、自分がこうなっちまった理由《わけ》を……。オレね、なんか追いつけてねぇなって、いつも思ってたんスよ、まわりの、何て言うんスか……大人？そう大人に、フフ……てめぇも大人になってるくせに……こりゃ勉強がたりねぇんだな、そう思うしかなかったスよ……でもね、そのうち、そういうことでもねぇんじゃねぇか……そう思うようになって……オレね、掃除が大好きなんスよ……なんかこう散らかってるもん見ると、片づけたくなるし……でも平気で散らかす奴いるっしょ、脱いだ服は脱ぎっぱなし、食ったパンくずは払いっぱなし……ああ、こいつらなんかちがうこと考えてるワ、そう思うようになったんスよ……そうすっと、もう収拾つかないスよ、誰かが言ってくんないと「脱いだ服はちゃんとたたんでしまいましょう」って……でもアレ、たぶん気持ちいいんスよね、脱いだ服を脱ぎっぱなしにするの……だからなんでしょ？　あれ……オレが気持ち悪いと思うことを、気持ちいいって奴がいるんだから、オレ、もう錯乱ですよ……。

水野が足をひきずるようにして出てくので、

森本――医者、呼びますか？

水野――こりゃ死ぬな……。

森本――冗談でしょう、足うっただけですよ。

水野――止めろ！　オレの血を！

森本、銃を置いて、タオルをとり、それを水野の足に巻きつける、巻きつけ終わった森本をなぐり、ける水野。

森本――（けられて）フフ……死なないスよ、それだけ元気ありゃ。

水野――掃除が大好きってか……だったら（そこらへんの物を放り、また放り）掃除してみろ！　今、オレの前で！

森本――ダメっすよ、そういうのは……もっと自然に、生活の流れの中で散らかさないと。

水野――これがオレの生活だ、これが自然な流れだ！　掃除しろ！

森本――……。

水野――わかるか、おまえが気持ち悪いと思うことが、オラ気持ちいいんだよ、これが自然な流れでなくて何だって言うんだ。

森本――タカヒロ兄さんのことを言ってますか？

水野――言ってねぇよ。

森本――水野さん……オレね、香港に残してきたという奥さんのことダシにしてまで、姉さんのこと近づけまいとした水野さんのこと、かわいいと思いましたよ……。

水野――いるんだよ！　女房は！　香港の！　ネイザンストリートで！　みやげ物屋やって！　日本人の観光客からボッタくって！　それが面白ぇから日本には行きたくねぇっつってんだよ！

森本――ただ！　だからって兄貴のことを！　なんで兄貴は、水野さんに嫌われなきゃなんなかったんですか！　女のことをあきらめきれなかったから！　それだけのことですか！

水野――……。

森本――（急に）あれ……オレ……なんでタマを……タマを抜かなかったんだろう……（痛く実感して）あれ……なんで……え？　組のため？……え？

ここにヨーコがあがってくる。

水野――医者を呼べ、オレは部屋にいる。

水野、階段をのぼりはじめる。

森本、電話の方に行こうとする。

ヨーコ――呼ばんといてください、大丈夫ですさかい……へえ、私は大丈夫どす……皆さん、私がどないかなってるゆう目で見はるんどす。けど、私はどうもなってェしまへん……森本さん（と指さして）……。な、あたってますやろ？　私おかしいこと言うてェしまへんやろ？

森本――……。

ヨーコ――あれ？　タカヒロ兄さんは？　どこぞ行かはりましたか……ヤスコさんのこと聞こう思うてたんですけど……しばらく会うてまへんさかいな……ヤスコさんは、清いお方どす、私とちごうて……。

そう言いながらヨーコは窓辺に、いつぞやタカヒロが座っていたところに座る。

水野――子供の声が聞こえるか？

森本――え？

水野――（自分の足を見て）血、血が……医者を呼べ。

ヨーコ――呼ばんといて下さい！　そんなもん必要おへん。

ヨーコは、そこにあった銃をとると、自らに向けてうつ。

森本――！

水野――！

座っていた椅子からゆっくりおちるヨーコ。その手から銃もおちる。

森本、近づこうとして近づきがたく、首からお守りをはずすと、それをヨーコの体の上に放る。

森本――兄貴……。

水野は階段の途中で、その足だけが見えている……。

了

◎上演記録
シダの群れ
２０１０年９月５日（日）〜９月29日（水）
東京／シアターコクーン
２０１０年10月４日（月）〜10月11日（月）
大阪／シアターＢＲＡＶＡ！

◉キャスト
森本　阿部サダヲ
タカヒロ　江口洋介
ツヨシ　小出恵介
佐々木　近藤公園
リン　江口のりこ
ヨーコ　黒川芽以
藤井　尾上寛之
オカムラ　裵ジョンミョン
真知　伊藤蘭
水野　風間杜夫

◉スタッフ
作・演出　岩松了
美術　伊藤雅子
照明　沢田祐二
音響　藤田赤目
衣裳　堀井香苗
ヘアメイク　宮内宏明
方言指導　小林由利
擬闘　栗原直樹
振付　夏貴陽子
舞台監督　福澤諭志
企画・製作　Ｂｕｎｋａｍｕｒａ

あとがき

香港ノワール、とりわけジョニー・トーの映画を好んで観た。チンピラたちが九龍の雑踏を走る。広い通りの中央には鉄柵の分離帯があり、それを飛び越えて、反対の歩道に渡り、そこから別の路地へ走りぬける。この『シダの群れ』を書くために、どうしてもその場所を見たくて香港に行った。イギリス領だった香港には二階建のバスが走っている。バスの一番後ろの席に座わり、遠ざかる街並みを見ていると、そこここから、かのチンピラたちが走りあらわれ、乗っているバスを追いかけてくるような気がする。バスそのものに敵がいるのか、バスに乗れば誰かから逃げきれると思ってか、彼らは走り、バスを追う。その向こうには高いビル群があり、そのビルの群れのみが遠ざかるものだから、彼らは、そこから逃げているのだと思えてくる。追うことと、逃げることとは、ほぼ同じ意味。

走り終えても、彼らの体に残る〝走る血〟は、目的を同じくする組の中の兄弟間の強い絆を求める。けれども揺らぎやすい目的が、時に、その絆にほころびを入れる。

追うことと逃げることは、ほぼ同じ意味。

私がヤクザの世界を舞台にすることを意外なこととし「なぜヤクザの世界を?」という質問を必ず受けた。それまで描いてきた世界が、ヤクザの世界とは遠く隔たったものだとの印象があったからだろう。なるほど町内劇シリーズから、いわば質素に生きる人たちに焦点をあててきたような気はする。多くは家族間の、恋人たちの、友人関係の、若者たちのその若さへの、苛立ちや愛情を描いてきた。

今この『シダの群れ』を書き終えて思うことだが、これまで描いてきた世界の登場人物たちが、このヤクザの世界を果たして自分たちと隔たったものだと感じるだろうか。例えば、これは意図的に使った役名であるが、青春群像劇として一八年前に書いた『アイスクリームマン』という作品に〝水野〟という人物が出てくる。あの水野は、『シダの群れ』のこの〝水野〟をどうみるだろう? 確かあの水野は、友人たちと新しい会社を興そうとして、捨てようとする女に「組織ってのはさ、互いに、たわむれの幻想を抱けるってことじゃないの?」とうそぶいていた……。

或る世界があり、別の世界がある時、互いの世界は、どこかで照射し合い、批判し合い、賛同し合って、その世界の外郭をうごめかせているのだと私は考える。アメーバが分離してふたつの生命体になるように、ふたつの世界は実は同じ始まりを持っていたし、それがゆえに、互いへのこだわりを捨てきれず、それぞれの存在に、そのこだわりを経た意味づけをする。ヤクザの世界のうごめく外郭に非ヤクザを見、非ヤクザの世界のうごめく外郭にヤクザを見ようとした、その外郭にいた森本、それがこの『シダの群れ』だと今は言っておこう。

この戯曲は二〇一〇年九月のシアターコクーンでの上演のために書きおろしたものである。

多くのスタッフ、出演者に支えられての上演であることは言うまでもない。

そして、こうして、その戯曲を出版してくださる沢辺均氏に感謝の意を表します。

更に、出版のために奔走してくださった、那須ゆかり氏、大田洋輔氏にも感謝。

二〇一〇年八月

岩松　了

岩松　了（いわまつ・りょう）

劇作家、演出家、俳優。1952年長崎県生まれ。自由劇場、東京乾電池を経て「竹中直人の会」「タ・マニネ公演」等、様々なプロデュース公演で活動する。
1989年『蒲団と達磨』で岸田國士戯曲賞、1994年『こわれゆく男』『鳩を飼う姉妹』で紀伊國屋演劇賞個人賞、
1998年『テレビ・デイズ』で読売文学賞、映画『東京日和』で日本アカデミー賞優秀脚本賞を受賞。

著作一覧

蒲団と達磨（白水社、1989・6）
お茶と説教（而立書房、1989・7）
台所の灯（而立書房、1989・7）
恋愛御法度（而立書房、1989・7）
隣りの男（而立書房、1992・8）
アイスクリームマン（而立書房、1994・4）
市ヶ尾の坂（而立書房、1994・7）
スターマン・お父さんのお父さん（ペヨトル工房〈シリーズ戯曲新世紀5〉、1995・7）
月光のつゝしみ（而立書房、1996・5）
恋する妊婦（而立書房、1996・7）
映画日和（共著、マガジンハウス、1997・10）
恋のためらい（共著、ベネッセコーポレーション、1997・12）
テレビ・デイズ（小学館、1998・4）
傘とサンダル（ポット出版、1998・7）
五番寺の滝（ベネッセコーポレーション、1998・11）
鳩を飼う姉妹（而立書房、1999・6）
赤い階段の家（而立書房、1999・7）
食卓で会いましょう（ポット出版、1999・10）
水の戯れ（ポット出版、2000・5）
蒲団と達磨（〈リキエスタ〉の会、2001・11）
私立探偵濱マイクシナリオ・上下（エンターブレイン、2003・1）
夏ホテル（ポット出版、2003・9）

シブヤから遠く離れて（ポット出版、2004・3）
「三人姉妹」を追放されしトゥーゼンバフの物語（ポット出版、2006・5）
マテリアル・ママ（ポット出版、2006・5）
シェイクスピア・ソナタ（ポット出版、2008・12）
船上のピクニック（ポット出版、2009・3）
溜息に似た言葉（ポット出版、2009・9）
マレーヒルの幻影（ポット出版、2009・12）

主な作・演出（監督）作品

舞台◉『蒲団と達磨』（第33回岸田國士戯曲賞受賞）、『こわれゆく男』『鳩を飼う姉妹』（上記2作で、第28回紀伊國屋演劇賞個人賞受賞）、『月光のつゝしみ』、『テレビ・デイズ』（第49回読売文学賞受賞）、『水の戯れ』、『かもめ』（演出）、『隠れる女』、『夏ホテル』（パルコ劇場／シアターナインス5周年記念公演）、『嵐が丘』、『「三人姉妹」を追放されしトゥーゼンバフの物語』、『西へゆく女』、『ワニを素手でつかまえる方法』（パルコ劇場）、『シブヤから遠く離れて』（作）、『隣の男』、『欲望という名の電車』（演出）、『シェイクスピア・ソナタ』、『死ぬまでの短い時間』、『恋する妊婦』、『羊と兵隊』、『箱の中の女』、『マレーヒルの幻影』など。

TV◉「恋のためらい」（TBS／脚本）、「日曜日は終わらない」（NHK／脚本、カンヌ国際映画祭ある視点出品）、「私立探偵濱マイク～私生活～」（NTV／脚本）、「そして明日から」（北海道テレビ／脚本、日本民間放送連盟賞優秀賞受賞）、「社長を出せ」（NTV／脚本、日本民間放送連盟賞優秀賞受賞）、「時効警察」（EX／3話脚本・監督、7話脚本）など。

映画◉「バカヤロー2～幸せになりたい」（監督）、「お墓と離婚」（監督）、「東京日和」（脚本、第21回日本アカデミー賞脚本賞受賞）、「たみおのしあわせ」（脚本・監督）

主な出演作

舞台◉『かもめ』（翻訳・演出：岩松了）、『グレープフルーツちょうだい』（作・演出：宮藤官九郎）、『マテリアル・ママ』『アジアの女』（作・演出：長塚圭史）、『シェイクスピア・ソナタ』『羊と兵隊』（作・演出：岩松了）など

TV◉「世界わが心の旅～99ロシア篇～」（NHK）、「小さな駅で降りる」（TX）、「タスクフォース」（TBS）、「演技者～いい感じで電気が消える家～」（CX）、「ママ！アイラブユー」（CBC）、「時効警察」シリーズ（EX）、「風のハルカ」（NHKテレビ小説）、「のだめカンタービレ」（CX）、「あしたの、喜多善男」（CX）、「官僚たちの夏」（TBS）、「天地人」（NHK）、「熱海の捜査官」（ANB）など

映画◉「無能の人」（監督：竹中直人）、「GONIN」（監督：石井隆）、「犬、走る」（監督：崔洋一）、「木更津キャッツアイ～日本シリーズ～」（監督：金子文紀）、「キューティハニー」（監督：庵野秀明）、「死に花」（監督：犬童一心）、「真夜中の弥次さん喜多さん」（監督：宮藤官九郎）、「亀は意外と速く泳ぐ」（監督：三木聡）、「となり町戦争」（監督：渡辺謙作）、「無花果の顔」（監督：桃井かおり）、「図鑑に載ってない虫」「転々」（監督：三木聡）、「ディア・ドクター」（監督：西川美和）、「空気人形」（監督：是枝裕和）、「ボーイズ・オン・ザ・ラン」（監督：三浦大輔）など

書名―――――シダの群れ
著者―――――岩松　了
編集―――――大田洋輔
デザイン―――山田信也
協力―――――Bunkamura シアターコクーン
発行―――――2010年9月10日［第一版第一刷］
定価―――――2,000円+税
発行所――――ポット出版
150-0001 東京都渋谷区神宮前2-33-18#303
電話　03-3478-1774　ファックス　03-3402-5558
ウェブサイト　http://www.pot.co.jp/
電子メールアドレス　books@pot.co.jp
郵便振替口座　00110-7-21168　ポット出版
印刷・製本――シナノ印刷株式会社
ISBN978-4-7808-0154-5　C0093　

The Cluster of Ferns
by IWAMATSU Ryo
Editor:OTA Yosuke
Designer:YAMADA Shinya

First published in
Tokyo Japan, Sep. 10, 2010
by Pot Pub. Co., Ltd

#303 2-33-18 Jingumae Shibuya-ku
Tokyo, 150-0001 JAPAN
E-Mail: books@pot.co.jp
http://www.pot.co.jp/
Postal transfer: 00110-7-21168
ISBN978-4-7808-0154-5　C0093

【書誌情報】
書籍DB●刊行情報
1 データ区分――1
2 ISBN――978-4-7808-0154-5
3 分類コード――0093
4 書名――シダの群れ
5 書名ヨミ――シダノムレ
13 著者名1――岩松　了
14 種類1――著
15 著者名1読み――イワマツ　リョウ
22 出版年月――201009
23 書店発売日――20100910
24 判型――4-6
25 ページ数――168
27 本体価格――2000
33 出版者――ポット出版
39 取引コード――3795

本文●ラフクリーム琥珀　四六判・Y・71.5kg（0.130）／スミ（マットインク）　見返し●タント S3・四六判・Y・100kg
表紙●ミルトGA　ホワイト・四六判・Y・90kg／TOYO 10897
カバー●ミルトGA　ホワイト・四六判・Y・110kg／スミ（マットインク）+TOYO 10897／グロスニス挽き
帯●ミルトGA　ホワイト・四六判・Y・110kg／スミ（マットインク）+TOYO 10897／グロスニス挽き
はなぎれ●39番（伊藤信男商店見本帳）　スピン●69番（伊藤信男商店見本帳）
使用書体●游明朝体02 OTF R+游築五号仮名 W3+PGaramond　ヒラギノ角ゴ　游築見出し明朝
PFrutiger　Goudy　2010-0101-0.8

溜息に似た言葉

セリフで読み解く名作

著●岩松了

写真●中村紋子
高橋宗正
インベカヲリ★
土屋文護
石井麻木

定価●2,200円+税

ISBN978-4-7808-0133-0 C0095
4-6変／192ページ／上製
［2009年09月 刊行］

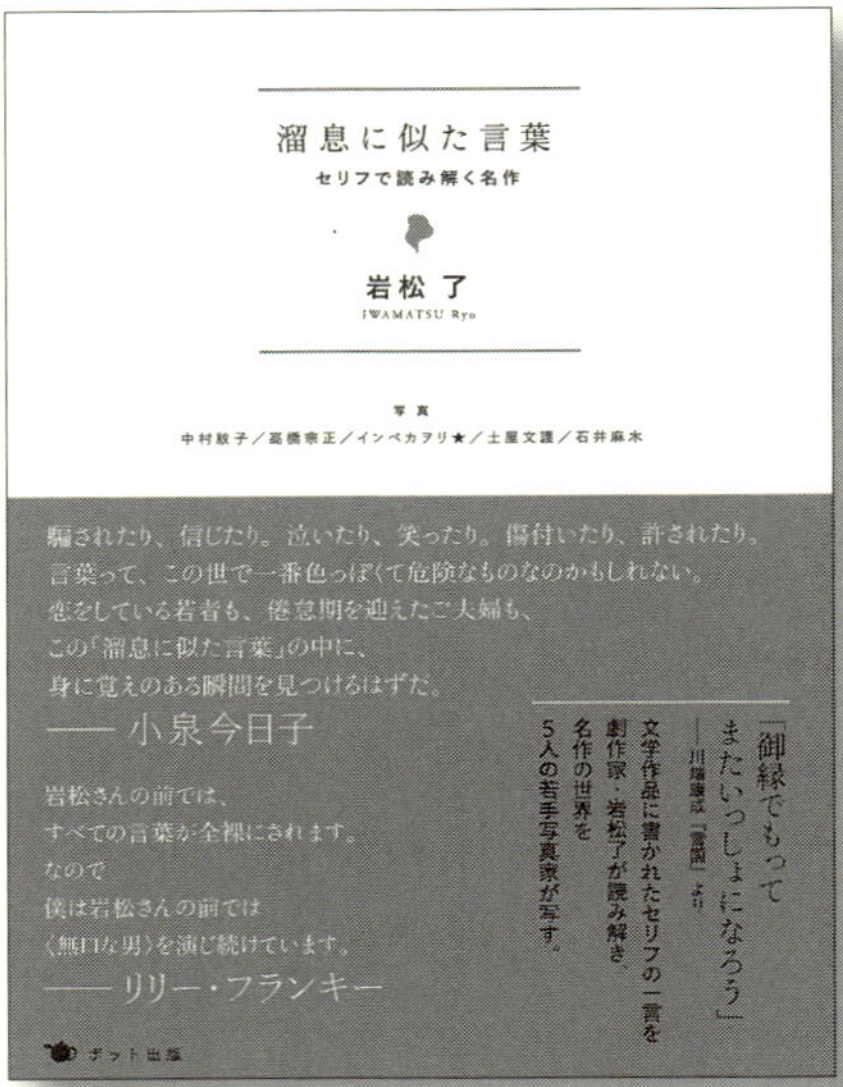

岩松了が文学作品の中に書かれたセリフを抜き出し、
セリフに込められた世界を読み解いていくエッセイ集。
抜き出された言葉は、意味を重ねた数々の言葉よりも
多くのことを伝える、ひとつの溜息に似た言葉――。

『マレーヒルの幻影』（岩松了）の着想を得た『グレート・ギャツビー』を含む、
古今東西の名作文学40作品に迫る。
5人の若手写真家がセリフの世界を写した作品40点と、
岩松了による書下ろし人物エッセイ「写真家の言葉」も収録。